団長とエース

栗山圭介

平凡社

団長とエース

目次

プロローグ　6
化け物　8
中京高校応援部　12
硬派一徹、野武士中京　21
東、エールを振る　32
ファーストコンタクト　42
野球とは何か？　エースとは何か？　52
甲子園百勝　60
安部飯店　77

ボンボン　94
準決勝、広島商業戦　110
押忍、押忍、押忍　133
エースと団長　145
校訓は『真剣味』　152
協同応援団　168
死闘、池田高校戦　176
母親も応援団長　183
復活　191

プロローグ

「野中が肩で息をしています。苦しそうな表情です。マウンド上で陽炎が揺らめいているのが見えます。暑い、本当に暑い、灼熱の甲子園です」

実況が言葉の限り伝えようとする過酷さが、野中にロージンバッグを握らせる。したたる汗がコントロールを狂わせるのだろう。野中の右手は真っ白になり、汗を拭うと額が白く染まった。

昭和五十八年全国高等学校野球選手権大会準々決勝第一試合、事実上の決勝戦と謳われた中京高校対池田高校の一戦に、阪神甲子園球場は五万八千の大観衆を集めた。中京・野中、池田・水野の両エースは息づまる投手戦を繰り広げ、一進一退の攻防となった。

十安打を許すも、野中は要所を締める投球で、九回一死まで強力池田打線を一点に抑えていた。

池田七番高橋に、この日はじめてカウント0－3にするがフルカウントまで持ち込む。野中の投じた六球目の真ん中高めのストレートに金属音が谺《こだま》した。打球は低い弾道でレフトスタンドに突き刺さり、スタンドに轟音が響いた。

「野中、思わずしゃがみ込んでしまいました」

右手を上げてダイヤモンドを回る高橋から、マウンドに跪《ひざまず》く野中に画面が切り替わる。その失意を寸分漏らさないよう、残酷なまでにカメラが野中に寄る。恨めしそうにスタンドに目をやり、かぶりを振って立ち上がる。三度目の甲子園出場で、優勝候補に挙げられるまでに力をつけた伝統校のエースは、バックに声をかけ、三塁側アルプススタンドを指さした。

「ここからや、俺らの甲子園は。応援たのむぞ、団長」

アルプス席を仕切るのは、中京高校応援団団長の東淳之介《あずまじゅんのすけ》。東もまた自分のエールで母校を日本一に導くためにこの三年間を過ごしてきた。

野中の合図を待っていたかのように、東が渾身のエールを振る。沸き上がる野中コールがホームランのどよめきを掻き消し、野中がふたたび目に光を取り戻す。

しかし池田の追撃はやまず、八番松村に左中間を破られるスリーベースヒットを浴び、九番井上にも一、二塁間を抜かれ追加点を許した。一番坂本にも痛打され、四連打。打てば響く山びこ打線が続けざまに快音を響かせた。

「中京高校は絶対に負けません、全員起立！　脱帽！　応援歌用意」

東の手振りに五千人の応援席がひとつになる。ＣＨＵＫＹＯと書かれた白いトレーナーは、野球部と同じ夢を追う彼らのユニフォームだ。地鳴りのようなエールを実況が興奮気味に伝えた。

〝フレッ、フレッ、野中！　フレッ、フレッ、野中！〟

「野中、聞こえるか。これが中京のエールや。こんなとこで負けさせせんぞ」

中京応援席の大声援が、押せ押せの池田高校コールを掻き消す。野中が拳で胸を叩いた。〝打ってみろ〟と唇が動く。セットポジションから投げ込んだ渾身のストレートが、力なくショートに転がりダブルプレーに打ち取った。野中がグローブをパチンと叩き軽やかな足取りでベンチに戻る。中京ナインが円陣を組み、雄叫びをあげて最終回の攻撃を迎えた。

逆転勝利を信じて、東がコンバットマーチの陣形を指示する。野中はベンチから身を乗り出して打席に入る安藤に檄を飛ばした。

エースと応援団長、マウンドとアルプススタンド。ふたりの夢の実現は、三つ目のアウトの前に追いつくことが条件となる。ゲームセットのコールの瞬間、ふたりの夏は終わる。

化け物

東淳之介は構成員三十人を抱える暴力団、東興業のひとり息子として生まれた。父親が服役していたため、五歳になるまで父親と一緒に写った写真がない。それまで父親と会うのは刑務所の面会室のみ。穴が空いたガラス越しに「坊、元気か」と声をかけられ、「うん」と返事をするだけだった。「幼稚園はおもしろいか」「いじめられていないか」。会話というよりはほぼ父親の質問にうなずくだけで、東から何か話しかけることはなかった。

それまで父親は遠くで働く住み込みの工員で、工場全体をまとめる責任者だと思っていた。親戚から本当のことを聞かされると、それ以来、面会には行かなくなった。ともだちから父親のことを尋ねられるたびに嘘をつき、からかわれると摑みかかって喧嘩をすることもあった。

仮釈放された日、父親はグローブをふたつ買い、東が幼稚園から帰ると、はじめてキャッチボールをした。新品のグローブは硬く、山なりのボールでもうまく取れず、捕球ミスをするたびに、コツを教えてくれた。少しずつ取れるようになるたび、父親がほめてくれた。

「元気だったか」「いじめられていないか」。面会室と同じ会話でも、キャッチボールをしながらだと嬉しかった。東は毎日、朝と日暮れ前に、父親とキャッチボールするのが待ち遠しかった。

小学校二年でリトルリーグに入り、野球にのめり込んだ。中学ではショートストップを守り、クリーンアップの一角として名古屋市の大会で優勝した。しかし、どの高校からもスカウトはこなかった。野球をやめた東は素行が乱れ、問題を起こすようになる。

補導歴三回、どれもが他校生との喧嘩である。対立する集団がそれぞれバットやチェーンを持ち込み大乱闘を繰り広げようとしたが、近隣住民の通報を受けた警察が一網打尽に。リーダー格の東は長期の保護観察処分となった。

父親とはほとんど口をきくことはなかったが、朝晩の食事は一緒にとった。学校の成績や度重なる愚行にも、父親は特段口を挟むことはなかった。夜にはいつも野球中継が流れていて、父親は中日が勝つと酒がすすみ、劣勢だといびきをたてた。その横で静かにテレビを眺めているのが東の日常だった。心では父親を尊敬したいと思っていたが、ヤクザの組長であることがそれを困難にした。東は抱え続けていた思いを一度だけ母親に話したことがある。すると母親はこう言い捨てた。

「ヤクザの子だからって、あんたは自分の人生をあきらめるんかね」

母親の言葉は痛かった。それでも思春期の反抗心を口にした。

「あきらめたくねぇけど、あきらめなあかんこともあるやろ」

将来を考えはじめた東にとって、それは本音だった。〝母さんは、なんでヤクザと結婚したんや〟という言葉は嚙み殺した。

「私はね、お父さんという人を好きになったの。その人がたまたまヤクザだったのよ。だからお父さんの仕事をとやかく言っても仕方がないの」

「それは母さんの勝手やろ。俺は、好きでヤクザの家に生まれてきたんやない。俺にしたら迷惑に決まっとるやないか」東の目にはうっすらと涙が滲んでいた。

母親が湯呑みを手にとり、ふぅと息をかけた。

「同じこと、お父さんに言ってみんさい」

返す言葉を見つけられず、東はテーブルを叩いて居間を出た。


外出禁止中、父親が面倒くさがる東を無理やりキャッチボールに誘った。小学校以来のキャッチボールに、東は久しぶりにグローブをはめた。

父親の投げるボールがこんなにも軽いとは思わなかった。小さい頃は、目の前でビュンと伸びて捕球するのが怖かった。東が投げたボールが父親のグローブを弾いて道路に転がった。

「手加減せぇよ」

小走りでボールを拾いにいく父親がやけに小さく見える。父親が投げたボールが大きく逸れ、ジャンプして捕球した。

「ナイスキャッチ」

「一応、優勝チームのレギュラーやったで」

無言のふたりが、ようやく言葉のキャッチボールをはじめた。

「もう喧嘩はやっとらんか」

「うん」

「ほどほどにしとけよ」

「うん」

昔と同じ、「うん」だけでも、父親は嬉しかった。

「高校はどこに行くんや」

「考え中」

「ほんなら中京へ行け」

「なんで」

「中京なら日本中に卒業生がおるから仕事にあぶれることはない。わははは」父親が戯《おど》けながら言った。

「一応、考えとくわ」

「おぉ」そのときだけ父親の投げる球が速く感じた。

「野球はどうするんや」

「やらん」

「なんでや」父親の球が山なりになった。

「別に」

「別にってなんや」

「もう野球は卒業した」

しばらく言葉が途絶え、山なりのボールが往き来する。

「中京に野中っていう化け物が入ってくるらしい」

何気ないひとことに父親の手が止まる。何度もグローブにボールをぶつけた。

「ほんで野球やめるんか」

「もう野球に興味ないだけや」白けた口調で東が言った。

「化け物退治したらええやないか」

「興味ないって言っとるやろ」東が語気を荒らげた。

「怖いんか」

「別に……」

「好きにせえ」

父親がグローブを外し踵を返す。東は釈然としないまま父親の背中を追った。

それ以降、東の素行はさらに荒れ、市内の不良で彼を知らない者はいなくなった。東は父親が暴力団の組長であることを誰にも話さなかった。東は進路に悩みを抱え、父親もそれに気づいていた。

年の瀬も迫った頃、父親に進路について聞かれ、「そのうち決める」と誤魔化した。数日後、東が部屋に入ると、机の上に中京高校の入試要項があった。

昭和五十六年四月、東は中京高等学校へ進学した。

中京高校応援部

何ごとも最初が肝心ということは母親から摺り込まれた。小学校低学年のときに、ヤクザの子といじめられ擦り傷をつくって帰宅した東に、「一度いじめられたらずっといじめられっぱなしやで。手を出した子をやっつけてきなさい」と母親にいじめっ子の家まで連れていかれた。いじめっ子が玄関先に出てくると、東は怖くなりその場から立ち去ろうとした。すると母親が言った。「やられっぱなしでええんなら帰るで」

東は涙目で母親を窺い、「わぁー」と叫びながらいじめっ子に体当たりをして転倒させた。悲鳴をあげるいじめっ子の母親の前で、「このやろー、このやろー」と言って何度も拳を叩きつづけた。いじめっ子が泣きながら「ごめんなさい」と謝ると、母親が馬乗りになっていた東を引き離し、「帰ろか」と手を引いてその場を後にした。

帰り道に、「よぉがんばった」と言われ、母親にしがみついてわんわん泣いた。家に帰り、母親が父親に報告すると、「そうか」と言って頭をぐりぐりされた。

それ以来、東は向かい合う相手を返り討ちにしてきた。自分から先に手を出したことはない。それもまた母親の教えだ。母親にそう言わせたのが父親だと知ったのは、中学生になってからだ。

中京高校入学用に東は特注の学ランを仕立てた。不良たちに目をつけてくださいと言わんばかりの長ランである。案の定、入学早々、東には鋭い視線が刺さった。鼻息の荒い同級生ばかりではなく、明らかに不良とわかる上級生からも。こうして東の高校生活はスタートした。

入学式から間もなく、クラブ活動紹介週間となり、校庭では各クラブが勧誘活動をしていた。文化系クラブの勧誘には関心がなく、校庭を行き過ぎると、グラウンドから硬式野球部の声が聞こえてきた。

野球の名門校とはいえ専用グラウンドはなく、両翼の長さが極端に違うグラウンドは軟式野球部との共有だ。レフトからセンターにかけては校舎が、極端に短いライトは体育館が壁となる。フェンスにはネットがかけられているが、大飛球となれば校舎や体育館を直撃する。グラウンドの両サイドには百人以上の一年生部員が人間フェンスとなってファウルボールを争奪する。そうでもしなければ一週間以上ボールに触ることができないことがあるのだ。

一年生部員の中で、ひときわ体格のいい男が投球練習をしていた。テレビで観た、全国準優勝投手の野中徹博《のなかてつひろ》である。ワインドアップから投げ込む豪快なフォームが遠目からも神々しい。真新しい練習着だが、すでにエースの風格を漂わせていた。

あれが野中か。フェンス越しにブルペンを眺めていた東に、スコアラー役の教員が話しかけた。

「パンチパーマじゃ野球部に入れんぞ」

不意をつかれ「見てるだけですよ」と照れ隠しをした。

そそくさとグラウンドを立ち去る東の耳に、キャッチャーミットを叩く野中の球音が響く。ビシッ、ビシッ。東はあたりを見回してからバッティング動作を真似、内野ゴロを捕球してスローイング、審判のアウトのコールまで何役もこなした。

「その髪型じゃ入部お断りだって言っただろ」一部始終を見ていたさっきの教員が嘲笑った。

「うるせー」東は顔を赤らめ、足早にその場を去った。

入学式から二週間後、百二十五人の新入部員のうち二十人が辞めた。野球部の厳しさを武勇伝のように語る退部者たちに、東は耳を貸さなかった。

全国屈指の伝統校である中京野球部は、春夏通算甲子園九十八勝を上げ、史上初の甲子園通算百勝に迫っていた。野中の獲得は、通算百勝を達成し、十五年間遠ざかっている優勝旗奪還への切り札と期待され、OBや地元ファンがグラウンドに足を運び大物新人に熱い眼差しを送っていた。

中京高校はスポーツ強豪校としてだけではなく、違う面でも名を轟かせていた。千七百名もの男子生徒が在学し、野球部員の数に負けないほどの不良が在学するのだ。運動部員の中にも不良はいるが、部に所属している限りはその素振りを見せない。それが中京高校運動部の真髄である。

パンチパーマに長ランの東には、早速お声がかかった。相手は、入学わずか三日で普通科をシメたと豪語する不良である。傍らには、手下になった連中が、顔に青あざをつくって睨んでいた。

「お前が東だな。顔貸せ」ボンタンの幅を広げて威嚇する不良に、東が思わず吹き出した。

「なに笑ってんだこの野郎」

声を荒らげる不良を手首で払って通り過ぎる。手下三人がさっと避けた。

「てめぇ、なめてんじゃねーぞ」

顔を真っ赤にして怒鳴る不良に、東があごをしゃくりながら言った。

「ついて来い」

体育館裏まで行くと、東がいきなり不良の胸ぐらを摑んだ。

「泣きながら三年間通うか、学校辞めるかどっちがええ？」

不良が目を剝いたまま固まる。三人の目に動揺が走った。東が不良の額に自分の額を押しつけた。

「キッツイの一発いったろか」

言葉を失った不良の頰を、東がもてあそぶように撫でまわした。

「二度とちょっかいかけるな。お前らもな」

数日後、不良は退学した。引き連れた三人からヤキを入れられたと知ったのは、随分あとのことである。

それ以降も、同学年から難癖をつけられるたびに、東は相手を黙らせた。拳を振るうことなく決着させる東に、いつしか学年中の不良たちが一目置くようになった。

どの部に入部するでもなく二週間が過ぎた頃、中学時代にライバル校の野球部員だった安藤と廊下ですれ違った。通称アンチビ。俊足巧打で活躍したリードオフマンだ。アンチビは一般入部で野球部に入った。新入部員の中でもひときわ小さいアンチビは、中学時代から「絶対に中京でレギュラーを獲って甲子園に出る」と意気込んでいた。

「東はなんで野球部入らんのや」

「うるせぇ、余計なお世話や」

「一緒に甲子園行こ」

「寝言は寝て言え。お前、レギュラー獲れると思っとるんか」

「今は無理やけど、三年までに絶対獲ったる」

「まぁ気長に頑張れや」

「もったいねーなー、東。変なほうで有名になるなよ」

「やかましい、ほっとけや」

強がったものの、東はいつもグラウンドの近くをうろついていた。金属バットの打球音や部員たちの声が聞こえると気持ちが落ちついた。ときおり聞こえるアンチビの甲高い声に、ため息をついた。

その日も東が校庭をうろついていると、背後からぽんぽんと肩を叩かれた。振り返ると、アイロンパーマをビシッと決めた大男が「応援部」と書いたプラカードを持っていた。

「お兄ちゃん、ちょっとションベンに行きたいんで、これ持っとってくれんかな」

明らかに不良とわかる風貌。ドスの利いたダミ声に息を呑む間に、プラカードを渡された。

「すまんな、すぐ戻ってくるで」

大男の背中を目で追いながら、プラカードを持たされたまま立ち尽くす。ところが待てど暮らせど大男は戻って来ない。プラカードを放置することもできず困っていると、体格のいい教員が笑顔で近づいてきた。

「そんなに応援部に入りたいんか」

応援部顧問の森口だった。東はプラカードを手にしたまま、肩を抱かれるように応援部の部室に連れて行かれた。そこには数人が入部手続きにサインをしていた。どこか強制的な雰囲気に不安を隠せないでいると、さっきの大男が同じ髪型の男と入ってきた。

「おお、キミ、入部希望やったんか」悪意に満ちた目で大男が笑った。

「いえ、これ持っててくれって言われたんで」

「そやったかなぁ」

「何言ってるんですか、忘れたんですか」

「はぁ？　俺が嘘ついたって言いてぇのか」大男が声色を変えた。

ふたりのやりとりを不思議に思った森口が、大男に言った。

「犬塚、お前、そんな手を使ったんか？」

「忘れましたよ。まぁいいじゃないですか、入部してくれるみたいですし」

「あまり手荒い手段で勧誘するなよ」

犬塚という大男が、胸を張り腰で手を組んだ。

「押忍。応援部副団長の犬塚や。隣におるのが団長の吉村。三年は俺らふたりだけやが、諸君の模範になりたいと思ってる。そういうわけで、よろしく！」

すでに入部が決定したかのように言う犬塚を、東が遮った。

「ちょっと待ってください。入部するとは誰も言っていません」

「そやから、よろしくって言っとるやろ。なんなら頭下げよか」

強引なやり口に、入部希望者が固まる。団長の吉村が、「押忍」と一礼してから切り出した。

中京応援部は、野球部同様に歴史あるクラブだが、ここ数年部員が激減し、三年部員は犬塚と吉村のふたりだけとなった。二年部員は八人いるが、この人数では伝統あるフォーメーションを形成することができず、顧問の森口も勧誘に乗りだすことになったのだ。

「君、名前は」

「東です」

「東君か。入部してくれると嬉しいんだがな。犬塚が迷惑をかけたみたいだが、勘弁したってくれ」

そう言って森口は部室を出た。犬塚に「あんまり追い込むなよ」と残して。

東がいち早くその場を去ろうとしたのは、ただならぬ予感が忍びよってきたからである。すぐさま一礼して部室を出ようとすると、「待ったー」と犬塚が大声で東の足を止めた。

「まず御礼言わなあかんな。プラカード持ってもらった」

背中を向けたままの東の肩に、犬塚が手を置いた。

「プラカードを持っていただき、ありがとうございました」

振り向くこともできず、「はい」と小声で言った。

「さぁ、入部手続きしよか」

肩に手を回され逃げ場を失う。入部すればこの先にどんな理不尽が待っているかは容易に想像できるが、ここで部室を出たら負けだ。そんな東の心を見透かすように犬塚が続けた。

「そんな恰好しとるから気合い入っとるかと思ったけど、見かけ倒しやったかな？」

目標もなく、無気力な日々を過ごしていた東にとって、目の前の大男は乗り越えなければならない壁だと感じた。東は沸き上がるアドレナリンを抑えながら、自分でも予想外の言葉を口にした。

「副団長さんから直々にスカウトされたんやし、特待生入部ということでいいんですよね？」

一瞬の間をおき、犬塚が「ほぉー」と言葉尻を持ち上げた。「よっしゃ、君だけは特別扱いしたる。楽しみにしといてくれ」と豪快に笑った。

心の奥で後悔しながら、それでも引き返せない自分がいた。入部手続きをする者たちの手が止まり、注がれる視線を、東は眉間に力を入れて撥ね返した。

東が入部すると知ってか、目つきの悪い者がひとりふたり、日を追ううちに集った十八人の新入部員の中には、武勇で名の知れた東と部活を共にしたいと思う者も少なくなかった。

中京応援部は、北海高校、平安高校、早稲田実業の次に歴史があり、浪商と同位である。いずれも高校野球ファンなら即座にユニフォームが思い浮かぶ名門で、数多のプロ野球選手を輩出している。だからこそ応援部の練習は厳しく、礼儀作法にも徹底した習慣が義務づけられる。

挨拶は『押忍』と『ごっつぁんです』のふたつだけ。普段の挨拶のみならず、あらゆる返事は『押忍』、殴られても蹴られても、『押忍、ごっつぁんです』。先輩から何かを問われない限り、会話はいずれかの言葉で完結しなければならない。

予想に反して応援部の練習はそれほど厳しいものではなかった。各自ジャージに着替え基礎体力強化とエールの種類、校歌、応援歌の暗唱など、基本的な練習は行うが、警戒していたヤキは一切ない。練習が終われば即解散となり、新入部員たちは胸をなでおろした。〝四月までは新入部員はお客さん〟、その意味を、新入部員たちはやがて思い知ることになる。

応援部の練習は主にふたつに分けられる。団長はすべての応援、エールの手振りなどを指導し、副団長は、親衛隊旗と呼ばれる団旗の掲揚を指導する。親衛隊旗は、灼熱のアルプススタンドを想定して、交代要員を用意させておく。それ以外の者は団旗周りで威風堂々、仁王立ちする。団長派は副団長派の部員を指導することはせず、逆もしかり。制裁に関しては、学年全員の連帯責任と見なされ、徹底指導という名のヤキが見舞われる。

入部の際、生意気な口をきいた東が、犬塚から制裁を加えられないのは、団長派の部員だからである。二年部員から、犬塚が荒れた日には、部室の壁が破壊されるほど暴れると聞き、東は肝を冷やした。徐々に厳しさを増していく練習に、十八名の新入部員は、六月を待たずに半分に減った。

「辞めたやつは一生後悔するだろう。自ら負けを認めたんだからな。そんな根性なしに用はない。残ったお前らが中京応援部の伝統を継承していくんや。そのための練習だということを忘れるな」

義を謳ってはいるが、これからシゴきまくると宣言されたようなものである。先輩たちは、シゴキに耐えてきたからこそここにいる。負けてたまるかと新入部員たちが歯を食いしばる。そんな心を見透かすように、団長以下先輩たちが気合いを入れる。

練習は毎日放課後、校舎を三周してから屋上に移動し、柔軟体操を行ったあと空手の組み手から誕生したいくつもの型を、四股を踏んだまま延々行い、徹底的に下半身を鍛えられる。三三七拍子は団長が、扇子を使った扇三三七拍子は副団長が、一回の攻撃には一拍子、二回には二拍子、九回の九拍子まで九種類。コンバットマーチや、〃フレッ、フレッ、フレッ、中京〃、〃かっ飛ばせ、中京〃など数えれば二十種類以上にもなる。

毎日、声が嗄《しゃが》れ、筋肉が痙攣を起こしても練習は続けられる。振りが合わないとまた一からやり直し、ひとりでも四股が崩れれば、やり直す。日々の猛練習で、新入部員たちに連帯感が芽生え顔つきが引き締まってくると、夏の甲子園予選の頃になる。不良少年たちの顔は、伝統ある応援部のそれになっていく。甲子園出場は、野球部の悲願であるとともに、応援団にとっての夢でもある。

硬派一徹、野武士中京

「野中が杉浦監督とやりあったらしい」

窓際の会話に足が止まった。早々に野球部を辞めた連中が笑いながら話している。伸びた坊主頭に剃り込みを入れ机に足を投げだす姿は、短期間とはいえ規律正しい野球部に在籍していたとは思えない。これが野球部崩れのなれの果てかと呆れながら、東は聞き耳を立てた。

「野中のやつ、杉浦監督にスカウトされたときに、甲子園で優勝できるメンバーを集めてくださいって言ったらしい。そんで入学したら、〃これが全国優勝狙えるメンバーですか〃って意見したんだと」

「特待生やからって、何様のつもりや。勘違いしすぎやろ」

「それがアホらしくて辞めたんやけどな」

「ウソ言え、練習についていけんかったくせに」

「ちげぇねぇ、わははは」

つられ笑いをしながら、東が会話に入っていく。

「野中ってそんなに凄いのか？」

それまで野中を罵倒していたふたりが目を丸くする。

「あんなすげぇやつ見たことねぇよ。三年生まで含めても、あいつに野球で勝てる奴はおらん」

ひとりが野中を自慢するように話しはじめた。あまりの変わりように、東が堪えきれず笑った。

「なに笑っとるんじゃ、この野郎」

「すまん。でもええ気味やな」

「あの性格やで上級生とは上手くいかんやろう。ひとりじゃ野球はできねぇんだよ、馬鹿野郎が」

誉めたと思えばすぐさま貶《おと》す。東は、また笑いを堪えた。

「結局、監督に一蹴されたらしいけどな」もうひとりの野球部崩れが言った。

「監督、キレたんか？」

「ピッチング練習する野中の膝に土がついとらんかったんやと。〝気合い入っとらんぞ〟って言われて黙り込んだらしい」

「さすが鬼の杉浦やな。見るとこが違うわ」

「明日もこの調子やったら球拾いに回すぞって、ざまぁみろや」

不毛な会話に呆れながら、自分とは無関係だと思っていた野中の存在が気にかかる。応援団に入ったとはいえ、野球部のために応援しようという気などさらさらない。入団の理由は、犬塚の挑発に負けたくなかっただけだ。

「なんや東、野中に興味でもあるんか？」

「別に」

「応援団は野球部が甲子園行かんと活躍できんもんな」

「その方が楽できるからええわ」

少なくともこいつらが退部したことだけは、野球部にとって良かったと思った。


名古屋駅は高校生の通学ターミナルとなり、不良高校生たちの主戦場となる。数ある不良校の中でも、中京はキングと呼ばれ、中京生を見れば迂回する者も少なくない。誰かが他校生にやられたら、かならず報復するという連帯感が中京の伝統だ。他校にすれば、真面目な中京生に難癖をつけることすら容易ではなくなる。逆に、ひ弱な中京生をダシにして不良を引きずり出す者もいるが、その多くが泣きを見てきた。中京生に因縁をつけるには、それ相応の覚悟が必要なのだ。

不良で鳴らしてきた者たちは、中京に入学すると同時に即喧嘩。それを注意する教員にはＯＢが多く、鉄拳制裁が科せられる。喧嘩で殴られ、教員から殴られ、授業中に殴られることも珍しくはない。それでも不良を貫く者は鍛えられ、いつしか筋金入りとなる。むやみに拳を振りまわすこともなくなり、街を徘徊する不良たちとは一線を画した。それがキングたる所以である。

ところがいちど拳を握れば、相手が二度と刃向かえないよう、存分に後悔させる。それもまた不良学生たちの間で言い伝えとなっている。


六月。シャツ姿に衣替えした東と同期の田島が部活帰りに地下鉄に乗ると、同じ車両に多数の名和実業高生が乗車していた。名実は有名な不良校で、甲子園出場を競う強豪校の一角でもある。

名実生のひとりが吊り革に摑まり、座席の乗客に顔を近づけた。ひとりふたりと乗客が席を立ち、そそくさと別の車両に移動する。座席に陣取った名実生たちが足を投げだし大声で談笑していた。

頑として席を譲らなかったサラリーマンが防御壁とばかりに新聞紙を広げると、脇を囲んだ名実生たちが新聞紙越しに大声で話し出した。

「電車の中で新聞紙広げるってジャマじゃね」「いるんだよなー、迷惑なサラリーマンが」

サラリーマンが咳払いをすると、ひとりが文句を言いながらあごをしゃくった。カーブで電車がぐらりと揺れ、サラリーマンが名実生に寄りかかった。

「なにぶつかってきてんだよ、この野郎」

名実生が立ち上がってサラリーマンを取り囲み、次の駅で引きずり降ろそうとした。

「チッ、どうする？」田島が東に目配せをした。

「降りるか」

東と田島がドアの前に立つと、ひとつ向こうの扉の不良たちと目が合った。どの顔も薄笑いを浮かべている。それが罠であることは明白だった。見て見ぬふりをする駅員に定期券を叩きつけ改札を抜ける。サラリーマンが名実生に囲まれながら構内を進んだ。最後部の不良が、東と田島を確認し仲間に耳打ちをした。不良たちは暗がりの駐車場へサラリーマンを連行し、コンクリート塀に追いこみ体を押しつけ膝をぶつける。本気ではない、東たちを誘っているのだ。

東と田島も易々と声は掛けない。この街では声を掛けた方が喧嘩を売ったとされるルールがある。我慢くらべのような状態が続き、いつまでも声を掛けない東たちにしびれを切らしたひとりが、怒声をあげてサラリーマンの頬を張ると、渇いた音とともに眼鏡が吹っ飛んだ。

「お前ら、いい加減にしろよ」

たまらず声に出した田島に不良たちが振り向いた。一瞬の隙をみて、サラリーマンが眼鏡を拾い逃げて行った。サラリーマンを追う者はいない。名実生のターゲットは、東と田島だ。

「なんじゃぁお前」

体格のいいパンチパーマが、砂利を引きずりながら田島に近づいた。

「おやおや、これはこれは中京の学生さんでしたか」

ワイシャツの刺繍をまじまじと見ながら、わざとらしく言った。

「中京さんから難癖つけてくるとは珍しいよなぁ」自分らがけしかけられたような口ぶりで仲間を煽る。

「難癖なんかつけてねぇよ。注意しただけだろーが」

「その言い方、気に入らねえなぁ」

「お前ら、はじめからそのつもりだろ」

「ご冗談を。中京さんからお声を掛けていただいたから、仕方なく喧嘩を買わせていただくだけですよ」

田島が東と目を交わす。東がかぶりを振った。田島が視線を名実生に戻したところに、助走をつけた男の蹴りが飛んできた。うめき声とともに田島が吹っ飛ばされ、すかさず別の男が馬乗りになり田島の顔面にパンチを入れた。

「ほーら、もう一発かましたるわ」

反動をつけた二発目のパンチを田島がかわし、腕に噛みついた。

「痛ててて っ」

男がたまらず離れようとしたが、噛みついたまま田島は離れない。田島の目は血走っていた。

「うぁー、わー」悲鳴をあげる男の尻を、東がサッカーボールのように蹴り上げた。

「うぎゃー」

のけ反った反動で田島が引き離される。わめき散らす男の尻を、今度は田島が思いきり蹴り上げた。尻をさする手のひらごと蹴り上げられ、仲間の元へ戻る男に、東が三発目の蹴りを入れ、間髪入れずに田島が四発目をお見舞いした。執拗に尻を蹴る東と田島に、名実生たちは固まった。

「ケツばっか押さえて腹がガラ空きだぜ」

田島が腹にとどめの蹴りを入れる。男はうめき声を漏らし膝から崩れ落ちた。

「まだまだこれからやで。なんせ、お前らから手ぇ出したんやでな」

田島が倒れた男の顔をつま先で小突いた。

「で、次は誰や」

逃げだしたひとりを除き、残った全員に正座をさせる。順に名前を言わせ、二度と刃向かわないことを誓わせてから、ひとりずつ鞄で殴打した。ひとりが滝のような鼻血を流した。

「折れたな」男の鼻をつまみながら田島が言った。

東がポケットからティッシュをとり出して男の鼻に突っ込んだ。

「中京高校一年、田島健《たけし》。二度とつっかかるな。お前んとこの全校生徒に言っとけ」

不良たちは、正座させられたまま何度も「はい」と返事をさせられ、その場を放免された。最後の

「はい」は、「お前らからケンカふっかけてきたんだよな」という問いの答えだった。東は名前を告げず、ひと足先にその場を去った。

噂は瞬く間に広まった。〝中京の一年に凄いふたりがいる。名前は田島とあとひとり〟。殴《や》られたのは、やがて名実を仕切ろうとする二年生たちだった。札付きの不良たちが、たったふたりにやられたことは、当然三年生たちの耳に入っていた。噂は応援団長、吉村の耳にも入った。

駐車場での一件から三日後、吉村は全団員を部室に招集した。

「先日、千種《ちくさ》駅の駐車場でうちの一年が名実生をシメたという噂があるが知っとるか？」

「押忍」
一、二年は、いかなるときも〝押忍〟で答えなければならない。
「山本、知っとるか？」

「押忍、知りません」

「谷内は」

「押忍、自分も知りません」

「〝自分〟は余計じゃ」

谷内が腹にパンチを受け、うめき声まじりに「押忍」と答えた。吉村の機嫌はすこぶる悪い。

「田島は？」

「押忍、知りません」

「そうか。噂では〝タジマ〟という一年がシバいたと聞いたが、お前と違うんやな」

「押忍」

「ほんなら一年中の名簿を調べてみるけど、ほかに〝タジマ〟という学生がおらなんだら、お前は嘘をついたことになるぞ」

吉村がじりじりと田島を追いつめる。田島の目が泳いだ。

「シメたやつが出任せで〝タジマ〟と名乗ったかもしれんしな。なぁ田島」

副団長の犬塚が笑いながら問う。

「もう一回聞くけど、田島、お前やないんやな」

さらに吉村が追い詰める。田島が、か細い声で「押忍」と返事をした。

「そうか。言っておくが、先輩に嘘をつくことは、警察沙汰になることよりあかんことやぞ。そのときは連帯責任として一年全員が制裁を受けることになる」吉村が田島の目を見て言った。

短い沈黙ののちに、田島が目を閉じて大声を張り上げた。

「押忍、申し訳ありませんでした。名実生とモメたのは自分です」

「俺に嘘をついたということか」

「押忍、そういう意味ではありません」

「じゃ、どういう意味か言ってみぃ」

「押忍、名実生がサラリーマンに暴力を振るっていたので仲裁に入りました」

「貴様ぁ」

「押忍」

吉村が田島の腹に蹴りを入れた。よろけた田島が脇の団員に支えられ、「押忍、ごっつぁんです」と言って位置に戻った。吉村が何度も蹴りを入れ、田島が体勢を崩すたびに元に戻された。やがて田島は立ち上がることができなくなり、地面で蠢《うごめ》いた。

「お前ら、今がどういう時期かわかっとるか」

吉村が淡々と話しはじめた。

七月になれば甲子園大会の県予選が始まる。一年生が入部して三ヶ月が過ぎレギュラーメンバーを固定する時期になった。練習試合を重ね、一年でもっとも力をつける時期は、応援団も同じだ。県予選までにすべてのフォーメーションを完成させなければならない。そのために炎天下での試合に耐えうる体力と精神力を養い結束力を固める。そんな時期に、起きてはならないのが不祥事だ。野球部員のみならず応援団員の不祥事も、野球部の出場辞退を招く要因になるからだ。中京の応援団員が一切もめごとを起こさないのは、野球部に迷惑をかけないためだ。応援団が、『硬派一徹、野武士中京』と謳われる所以は、そこにある。

田島の行動が、正義感からくるものだったとしても、決してあってはならないことなのだ。幸い、モメた名実生たちの中にも応援団員がいたことから、両校の団長が話し合い、この件は水に流すことになった。野球部の耳にもこの噂は入ったが咎めを受けることはなかった。

「田島、お前ともうひとりおったそうやけど、誰や」

吉村が田島のあごを指先で持ちあげた。田島は無言のまま目を閉じた。

「言わんとまた蹴りが入るぞ」

「押忍、自分です」東が一歩踏み出した。

「お前か」吉村が静かに椅子に座った。「お前も手ぇ出したんか」

「押忍、自分もやりました」

「そうか。じゃお前も同罪やな。名前を言わんかったでバレなんだだけか」

吉村が容赦なく東に蹴りを入れる。二発、三発、鈍い音が部室に響く。その後、一年団員全員が連帯責任として蹴りを入れられ、二年団員は指導怠慢という理由で正座をさせられた。

「中京応援団は運動部を支えるためにある。何があっても運動部に迷惑をかけることは許されない。二度とこのような事が起きないよう各自注意すべし。尚、田島は本日をもって応援団を除名とする」

東はこの日、中京応援団の伝統とその厳しさを身に刻んだ。解散後、一年団員は二年団員から凄惨なヤキを入れられた。体罰は厳しさと覚悟を叩き込むための儀式だ。顔を殴る者は誰ひとりいない。青あざをつくった顔でエールを振ることなど許されないのだ。団員は裏方であると同時にアルプススタンドの主役である。その誇りが中京応援団の美学であり伝統なのだ。


一学期の期末試験を終えると甲子園大会の県予選が始まる。中京高校では全校生徒を集めて野球部の応援練習を行うことが恒例となっている。

吉村と犬塚が前に立ち空気が引き締まる。東ら団員が一列に並んだ。はじめて練習に参加する一年生が緊張の眼差しを送る。東は喉がからからになった。

緊張したのは東ら一年団員だけではない。全校練習は大相撲の横綱総見のようなもので、応援団のOBが多数見学にやってくるのだ。甲子園予選を前に、どれだけ団員がまとまり統率力があるかを見るためだ。OBはときに、団長に注意することもある。

「押忍、中京高校応援団第五十七代団長吉村と申します。我が中京野球部は全国でも有数の強豪校であり、甲子園勝利数は日本一であります。この輝かしい伝統に新たな歴史を刻むために、野球部の力になれるよう、全校生徒一丸となり魂の応援を捧げたいと思っております。我々が応援指導を行いますので、生徒諸君は我々のエールに合わせてご発声をお願いします」

吉村のオーラが漂う。親衛隊旗を掲げる犬塚の姿も神々しい。日々、不満のはけ口のように殴打してくる二年団員の美しいエールがタクトとなり、全校生徒の声が重なりあう。振りをまちがえないことだけに神経を注ぐ東ら一年とは次元が違う見事なものだった。

一時間あまりの練習で生徒たちは額から汗を流し、応援団員のジャージは汗で倍以上の重さになった。そして中子園予選を戦う野球部員が全校生徒の前に整列した。

「必ず甲子園行きの切符を獲得しますので、応援よろしくお願いいたします」

キャプテンの言葉に、杉浦監督以下ベンチ入りメンバーが深々と頭をさげると拍手が起きた。東の目の前には野中の背中があった。一年生でベンチ入りを果たしたのは野中だけである。応援団員が向き直り全校生徒を背にして野球部員にエールを送った。

「フレーフレー、中京！」

東と野中はこのときはじめて視線を交わした。正面にたまたま野中がいただけだが、東はエールを振る間、野中だけを見続けた。校歌、応援歌を斉唱し、野球部員が最敬礼するとふたたび拍手が沸き上がった。それは野球部だけでなく、応援団にも送られたものだった。はじめての全校応援に、一年団員は喜びを噛みしめたが、東にはそれほどの感慨はなかった。

東、エールを振る

全国高等学校野球選手権大会愛知県予選が始まった。春季大会でベスト4に入った中京はシード校として二回戦からの出場となった。対戦校は華奢な体型の選手ばかり。しかし相手がどこであれ全力プレーが中京の信条であり、応援団は対戦校に敬意を表してエールを送る。

対戦校はにわか応援団を結成してバラバラなリズムで太鼓を打ち、手先だけのエールを振っている。地方予選ではよくあることだ。稀にノーマークの高校が甲子園出場となると、急遽応援団が結成され、ビデオで強豪校の応援を真似ながら手振りを組み立てることがある。

中京応援団が登場し球場の空気が変わる。パンチパーマに目を背ける観客もいるが、団長吉村が指先を天に突き上げると空気が一変した。団員の一糸乱れぬエールは圧巻だ。

一年団員は、この日を機に心境に変化をきたす。ヤキ、シゴキ、理不尽な振る舞いのすべてが、この瞬間のためにあることを胸に摺り込まれるからだ。

スタンドでは時折、団員の陣形や振りに乱れがないかをチェックするために回遊指導が行われる。

「鈴木、腰が反り過ぎ」「加藤、片足だけに重心をかけるな」「山下、腹から声を出せ」

指導された団員は、不思議と声が出るようになり疲れも感じなくなる。

「東、お前は問題ない。気合い入れてくぞ」

団長から激励を受け、力いっぱい「押忍」と返した。

東の応援団デビューとなったこの日、中京は大差をつけて完勝した。目標を見つけられなかった東の心が、少し動いた。

順当に勝ち進んだ中京は、ベスト8をかけて豊川高校と対戦する。場所は一宮球場。先発は野中だ。一宮は野中が生まれ育った場所で、怪物ルーキーの公式戦デビューに大勢の観衆が集まった。

野中は初回からその豪腕で豊川打線を寄せつけない。コースに投げ分ける伸びのあるストレートでバッターに空を斬らせ、落差のあるカーブで腰を引かせる。ピンチにも動じず、低めのストレートを振らせて注文通りのダブルプレーに打ち取った。大量点をリードした七回表、この回を抑えればコールドゲーム成立という場面で、吉村が東に声を掛けた。

「東、エール振ってみるか」

「え？」咄嗟のことで、押忍と返せなかった。

「押忍はどうした」

「押忍、すみません」

吉村は笑顔で、「かまわん」と言ってから続けた。

「野中が投げとるんやで。お前がエールを振れよ。同じ一年やろ」

声にならず、心で押忍と言った。

「応援団もルーキーの出番や。頑張ってエール振ってこい」

「押忍。自分なんかでよろしいんでしょうか」遠慮するのが礼儀だと思った。

「いやならやめろ」

「押忍。振らせてください」

二年団員をさしおいておこがましいと思ったのは、返事をした後だった。団員たちの視線を感じながら、吉村の後ろにつき応援席最前列に進んだ。

「さぁ、真ん中に行け、次のエールはお前が団長や」

吉村が脇に付き、東が通路の中央に立った。身体の芯がすうっと浮き、歯がかたかたと鳴った。緊張と不安を振り払い腹に力を入れ歯を食いしばった。深呼吸をして指先を投げ出すと、応援席の全員が起立した。生徒、教員、ＯＢ、ファン、すべての者が東の純白の手袋が振られるのを待っている。

「フレーフレー、野中」

東の手元に視線が注がれる。何百もの瞳を見渡し、無我夢中で腕を振ると頭の中が真っ白になった。浮わついていた身体に重力がかかり実感が込み上げる。喧嘩やセックス、バイクで疾走することとは違う、経験したことのない快感が全身を巡った。グラウンドに目をやると、野中が帽子のつばに手を添えた。言葉を交わしたことがないふたりが、グラウンドとスタンドから視線を交換した。

この男を甲子園に行かせるために、甲子園で優勝させるためにエールを振ろう。このとき、東ははじめて応援団員になった意味を見つけた。野球を辞めてからしばらく、見失っていた目標を見つけ、胸に込みあげるものを感じた。堂々たるエールを振る東に、一年団員には羨望の、二年団員には嫉妬の目があった。吉村と犬塚の顔が穏やかに見えたのは、このときがはじめてだった。

試合は野中が危なげない投球で完投し、見事な公式戦デビューを果たした。県予選では珍しく新聞社に囲まれる野中を横目に、東は誇らしい気持ちになった。翌日、新聞の片隅に、〝怪物、野中〟の文字を見つけた。その小さな記事は、東にとって忘れられない応援団デビューの記録となった。

「なんかええことあったんか」

普段はほとんど言葉を交わさない父親が、朝刊を広げながら聞いた。

「別に」

「うそつけ、顔に書いたる」

視線を外し「ちょっとね」と本音を言った。

「そうか」父親が湯呑みを手にする。「ようやく学校がおもろくなってきたみたいやな」

「まだそこまではいっとらん」

「照れんでもええ、それも顔に書いたる」

「そんなわけないやろ」東が空になったコップを口に運び、父親に笑われた。

「どうや、応援団は」

「まぁまぁや」

「どうまぁまぁなんや」

「そやから……」言葉を探していると、父親が割り込んだ。

「やり甲斐見つけたか」

眼鏡をずらして覗き込む父親に、「一応」と返す。

「一応、なんや？」

「見つけた」

「そんならええ」

父親は今でも東がグローブを手入れしていることを母親から聞いていた。応援団に入ったと聞いたのも母親からで、それ以外のことは何も知らない。学ランが汚れ顔を腫らして帰ってきても理由は聞かず、母親が聞いても、東は「ちょっとな」とはぐらかし、詳しく話そうとしなかった。

東の本棚に置いてあるはずのグローブが見当たらなかったと母親から聞いた。グローブは、タンスの奥に仕舞われていたそうだ。それを聞いて父親は、口元を緩めた。朝の些細なやりとりに、父親は、息子の成長を感じとった。


準々決勝からは全国的にも有名な実力校同士の対戦カードが組まれ、県内外から観戦に駆けつけるファンも多くなる。九千人ものファンを集めた準々決勝を接戦で制し、中京はベスト4に進出した。歓喜に沸く中京応援団とは対照的に、この試合、出番のなかった野中が冴えない表情で帽子を取る。背番号の15がへそを曲げたように見えた。

「東、今日のエールはどうやった」スタンドを清掃する東に吉村が問いかけた。

「押忍、見事でした」

「そうか。どこが良かった」

「押忍。スタンドと一体となっていたことが素晴らしかったです」

小さくうなずいてから、吉村が東を見据えた。

「応援というのは押せ押せのときよりも、ピンチのときに力を込めるもんや。選手がもうダメだと弱気になったときに、支えになるのがスタンドの声や。母校っていうのは、母の学校って書くやろ。母親にケツ叩かれたら、なにくそって思うやろ。そう思わせることが応援団の使命なんや」

まっすぐな目で語る吉村に、応援の魅力を感じはじめる。目標もなく、流されるように日々を過ごし、やり甲斐のないまま応援団員として過ごした時間が変わろうとしている。はじめて振った野中へのエール以来、試合を重ねるごとに団員としての意識が高まっていく。あの試合で一年生の自分にエールを振らせた吉村の思いが、単なる気まぐれではないことを確信し、目の前の霞が晴れていく気がした。

その夜、東は父親に思いを口にした。

「応援団って、意外とやり甲斐あるかも」素直に言えなかったが、思いだけは伝えたつもりだ。

「好きなだけやれ」そう言って、父親は茶漬けを掻き込んだ。

準決勝に進んだ中京は、愛知四強の一角、愛知高校と対戦する。実力では上と言われる中京だが、得意の足を絡ませた打線が機能せず、愛知高校の巧みな試合運びに翻弄され、終始劣勢を強いられたまま最後の攻撃を迎えていた。

代打が告げられ、純白のユニフォームの選手が打席に入ったがタイミングが合わず、ストライクカウントを提供した。敗色濃厚な空気の中、応援団員は汗を滴らせながらエールを振っていた。団を指揮する吉村に諦めの表情はない。親衛隊長犬塚が美しい四股を踏んでいる。たったふたりの三年団員が応援席の緊張を切らさないでいた。

コンバットマーチを指揮する二年生竹下は次期団長候補である。応援席の希望を断ち切ることなく、リズミカルな手さばきで球場に大声援を響かせていた。六点差という致命的な状況においても、最後まで諦めないのが中京野球、中京応援団である。腕が千切れんばかりに竹下がエールを振る。応援団員の目が血走っている。応援席の声は途絶えることなく続いた。

最後のバッターが一塁ベースにヘッドスライディングした指先よりも早く、ファーストミットにボールが収まった。

「ゲームセット」

アンパイヤの声がスタンドのため息に消えた。グラウンドでは両校ナインが健闘を称え合っている。中京ナインは、ベンチ前で肩を震わせ対戦校の校歌を聞いている。

経験したことのない悔しさが東を包む。息が詰まるのを感じた。スタンドを向いたナインに、吉村が毅然とした態度でエールを振った。

「フレーフレー、中京」

これが団長吉村最後のエールであると同時に、次期団長竹下へ襷を渡すものでもある。野球部もまた、この瞬間から新チームへとバトンが渡される。終わりは一瞬であり、瞬きのもとに時代は継がれていく。空になったスタンドに佇む吉村と犬塚の頬には、汗とはちがうものが光っていた。


翌日、新体制への引き継ぎを行うため、全団員が屋上に招集された。吉村、犬塚の引退により、二年生に指揮権が渡る。新応援団長に竹下が指名され、副団長、統制部長、鼓手、親衛隊隊長など、次々と役職が言い渡され新体制が整った。最後に吉村、犬塚を労いエールが送られ、儀式は終了した。

「東、ちょっと来い」吉村が東を連れてフェンスに向かった。

ほんの少し移動しただけでグラウンドの声が大きくなった。新チームになった野球部は、レギュラーメンバーが実戦形式でノックを受けている。この八人の野手が、おそらく背番号2から9番をつけることになるのだろう。

ファウルグラウンドを百名もの部員が囲み声を張りあげている。日暮れまで部員たちの声が途切れることはない。新チーム発足直後の声がチームをつくるという。それほど野球部にとってかけ声は大切なのだ。二年間、ひたすら声を出すだけの選手もいる。重なり合うかけ声には、悔しさや不満も混じっている。この中から秋季大会でベンチ入りすることができるのは、わずか十五人だ。

「あーあ、甲子園でエール振りたかったなぁ」

手すりに肘をかけ吉村がしみじみ言う。東は、押忍と言えず、小さくうなずいた。そこへ犬塚が近づいてきた。

「押忍」東が犬塚に一礼する。

「ウィーッス」犬塚が敬礼のポーズで戯けた。

「ドリフの長さんかよ」と吉村。

「だめだこりゃ、ってか」

「甲子園に行けんかったもんな、俺ら」

「違ぇねぇ、ははは」

鬼より怖いふたりが目の前で高笑う。どこかほかでやってくれと心で嘆いた。

「吉村先輩、犬塚先輩、そろそろ解散にしたいのですが、いかがいたしましょうか」

竹下がふたりに駈け寄り、姿勢を正した。

「今日から団長はお前や。任せた」

「押忍、では解散とさせていただきます」

自分もここで、という目をしたが、「お前はもうちょっといろ」と犬塚に睨まれた。

吉村と犬塚がグラウンドを眺める。少し遅れて聞こえてくる打球音に耳をすました。

「ナイスキャーッチ」手を叩く犬塚に、「このチームの外野は足が速ぇな」と吉村が返す。

「肩もある。予選までベンチにも入っとらんかったぞ」

「インハイに弱いでな。バントも下手やで監督がよう使わんかったんやろ」

「よぉ知っとるな、吉村は」

「お前やろ、野球部の練習見とけって言ったのは」

ふたりの会話に探求心を垣間見る。野球部を応援するということは、こういうことだと、教えられているようだ。

「お前が転校してこんかったら、学年は俺ひとりだけやったな」

吉村がぽつりと言った。

「そのためにわざわざ傷害事件起こして中京に来たんやで」

目を丸くする東に吉村が向いた。

「こいつ、福岡の高校で大物政治家の孫をボコボコにして、地元に居れんようになって、仕方なくこっち来たんやで」

高笑いする犬塚の横で、東は固まったままだ。

「入部するときに、お前、犬塚に〝特待生ってことでいいんですよね〟って吹っかけたやろ。よう犬塚がキレなんだと思ってな」

「あの日は機嫌がよかったんや。東の悪運の強さや」

「お前が来てくれたおかげで、学年から団長と親衛隊長が出せて恰好ついたわ。あらためて礼言うわ」

「なんや、気持ちわりぃ」

直立不動の東を挟み、ふたりが言葉を交わす。乱暴な言葉に無垢なものが混ざっていた。ぎこちない空気を拭うように、犬塚が「東」と声を張った。

「押忍」

「絶対甲子園行けよー」

「押忍」

「おっ、でてきたで。お前を甲子園に連れてってくれるエースが」

視線の先にはマウンドに向かう野中がいた。足元をならし、ロージンをお手玉のようにポンポンと撥ねさせる。ゆったりとしたワインドアップから投げ下ろし、キャッチャーミットを叩く音が小気味いい。次はカーブだと手首を返す。キャッチャーが捕球ミスをしたのは、曲がりに切れがあるからだ。

「こんな選手はなかなか出てこんで。ラッキーやな東」

「押忍」

「四回行けるで、甲子園」犬塚が指折り数えた。

「俺らを甲子園に連れてってくれよ、って、お前に言っても仕方ねぇか」吉村がため息を吐く。

「東、甲子園の決勝でエールを振れ」犬塚が真顔になった。

「エールはここ一番ってときに力になるんや。ピンチをチャンスに変える力や」同じく真顔になった吉村が腕組みをした。

「東、ここでエール振ってみぃ」

「押忍」

一瞬の間をおいて東が直立姿勢をとった。身体を屈めてから両手を真っすぐに投げ出した。

「フレーフレー、野中」

吉村と犬塚が目を合わせ、〝そっちか〞という顔をした。グラウンドでは野球部員たちが声の主を探している。野中が右手を上げて手首をぶらぶらさせた。

「野中が、わかったよ、ってさ」犬塚が羨ましそうに茶化した。

「よう声出とる。甲子園の決勝まで声つぶすなよ」吉村の言葉にも羨ましさが滲んでいた。

「押忍」

東は、〝頑張ります〞とか、〝見ててください〞という言葉を続けたかった。〝任せてください〞と言ったら、蹴りを入れられるだろうかと警戒しながら。

吉村と犬塚が去ってからも、東は野球部の練習を眺めていた。野中の投球がキャッチャーミットに渇いた音を響かせるたびに、胸に沸きあがるものを感じた。あと二年で甲子園の決勝まで辿り着く。真夏の屋上にただよう陽炎に、東は誓った。

ファーストコンタクト

「もしもし、アズマ?」

声の主は京子。東とは中学の同級生で地元では有名な不良だった。京子は中学卒業後に美容学校への進学を希望したが、会社経営する父親に猛反対され、有名私立女子高への入学を強いられた。希望を断たれ不満を溜め込んでいた京子は、不良仲間だった東に鬱憤をぶちまけたかった。

地元の喫茶店で待つ京子のもとへ、部活帰りの東がやってきた。

「久しぶりやん、元気か？」

「その前に、〝ごめん〟でしょ。大遅刻っ」

「荒れとるな。おー怖っ」

「うるさいっ。毎日、おかっぱや三つ編みのお嬢様たちに、〝ごきげんよう〟って猫撫で声で挨拶されてイライラしとるんやから」

「さすがお嬢様学校。ほんで京子はどう返すんや？」

「はいはい、ごきげんさん！って」

「毛嫌いされるんじゃねーの？」

「逆よ。〝すごーい、かっこいい！〟って目が♡マークになってんの。レズかよ」

幼なじみのふたりは、同じ小中学校に通い、ともに目立つ存在になった。不良たちとつるまず、いつも単独行動するふたりは、いつしか気心が知れるようになり、互いに悩みを打ち明けるようになった。周囲から「つきあえよ」と焚きつけられるたびに、「ふざけんな」と否定するのがふたりの決まり文句だった。

「そっちはどう。中京って、やっぱ凄いの？」

「思ったほどでも。インチキ不良ばっかりや」

「学年シメたの？」

「興味ねぇよ、不良は卒業した」

「長ラン着て言われても説得力ないし」

「部活が忙しくて、不良やってるヒマなんかねぇよ」

「そう言えば、応援団に入ったらしいじゃん」

「まぁな」

「聞かせてよ、花の応援団物語」

「そう急かすなって」

東がまんざらでもない顔をする。京子が頬杖をついて身を乗りだした。もったいつけながら、東が応援団のしきたりや練習について話しだす。時代錯誤のことばかり聞かされ、京子が目を丸くするたびに、東が饒舌になっていく。どこか誇らし気な東を、京子が嬉しそうに見つめた。

ひとしきり応援団の話をしたあとに、東がポケットから煙草を取り出した。

「ちょっとやめてよ、こんなところで」

「は？　お前が言うか」

「制服のときはヤバいんだって。バレたら退学になってまうやん」

「あらら、すっかりお嬢様になっちゃったのね」

「シバくぞ、ボケ」

「おー怖っ、変わっとらんね。京子姐さんは」

マスターがブラインドを下ろした。京子が指を二本立てて煙草をせがんだ。

「ほらよ」東が慣れた手つきでジッポで火を点ける。

「ふー、やってらんねー」京子が、ブラウスの第一ボタンを外し脚を組んだ。

「バレたら退学やな」

「むしろバレたい気分。楽しそうやね、応援団」

「そうでもねぇよ」

「じゃ、なんで続けてんの」

「なんとなく」

「目標見つけました、ってか」いたずらに京子が笑う。

「まぁ、そんなとこかな」東が紫煙をくゆらせる。

「へぇー、青春してんじゃん」

「茶化すな。甲子園でエール振るって決めただけや」

「野球辞めたあんたが、野球部の応援するの？」

　東が煙草をもみ消した。

「野球部に野中っていうピッチャーが入ったんや。全国大会で準優勝して、スカウトされて、入学したらすぐにベンチ入りして、新チームになったら背番号1をもらったすごい奴なんや。中京の背番号1やぞ。怪物なんや、野中は。体もめちゃくちゃデカくて、肩幅なんてこんなんで、すんげぇオーラ放っとる。ほんで、野中がな……」

　捲し立てる東に、京子が呆れ顔になる。

「すごいんやね、野中って子」

「怪物って言ったやろ。桁違いや」

「仲いいんだ」

「ん、まぁな」

「今度会わせてよ、怪物君に」

東が言葉を失う。東は野中と口をきいたこともない。

「ともだちなんでしょ？　いいじゃん、会わせてくれたって」

「野球部は忙しいで無理や」

「アイドルやないんやでさー」

「アイドルなんかと一緒にするな」

「ふふっ。恋人自慢しとるみたいね」

京子の言葉にハッとする。からかわれて顔が熱くなった。

「たわけたこと言っとれ」東が言葉を荒らげた。

「なに、ムキになっとるの？」

「誰がムキになったって？」

「ムキになってんじゃん、目ぇ吊り上げて。なんか変なこと言った？」

東が京子から視線を外した。

「別に野中の話なんかどうでもええやろ」

「アズマから言い出したんじゃない。しかも自慢げに」

「自慢なんかしとるか。そういうやつがおるって話しただけや」

「はいはい、よーくわかりましたー」京子が子どもをあやすように語尾を伸ばした。

「ふざけんな」東がまた言葉を荒らげる。「話があるなら聞いてやるから、早く言え」

「なに、その言い方」

「お前が会いたいって言うからわざわざ来てやったんやぞ」

「恩着せがましく言わないでよ、偉っそうに」

「うるせー、ブス」

京子が睨みながら、席を立った。

「馬っ鹿じゃないの、帰るわ」

テーブルに千円札を叩きつけて京子が出て行った。ドアの鐘がカランと鳴った。〝恋人自慢しとるみたいやね〟京子の言葉がリフレインした。

舌打ちしてシケモクに手を伸ばす。また顔が熱くなった。

「京子ちゃんに謝った方がいいよ」

たしなめるマスターを無視して、ソファにふんぞり返る。口喧嘩で京子に勝ったためしがない。灰皿でシケモクを潰しながら心を鎮めた。どうしてあんなにムキになったのだろうと冷静に振り返る。野中の顔が浮かんだ。いつのまにか自分の中で野中の存在が大きくなっている。京子に心を見透かされた気がして、また顔が熱くなった。


中京男児は夏に鍛えられる。その意味を実感したのは夏休みの練習だった。

午前十時から六時間、屋上でみっちりとシボられるのだ。直射日光とコンクリートの照り返しで体力を奪われ、許可なくして水を飲むことはならず、意識が遠のくことも珍しくない。脱水症状で倒れた者は、バケツで水をかけられてからまた練習に戻される。つかの間の休憩時間にOBがホースで放水すると一年団員が、エサに群がる鯉のように口を開けた。OBと二年団員は、理不尽な体罰を与えることが伝統だと信じている。それが正義だと言い聞かせて。中には、自分たちが受けた理不尽を後輩に味わわせないのは不公平だと、腹いせ目的の者もいる。

屋上練習後に校舎を五周して練習は終わる。しかし、ビリから三位以内の者には、遅い順に三周、二周、一周のペナルティが科せられる。その間、他の一年はエールで応援し続けなければならない。いずれにせよ、体力の極限まで追い込まれるのだ。

ペナルティ走を終え、ようやくすべての練習が終了する。挨拶を終えると、一年団員は水飲み場に駈け込み水をがぶ飲みする。渇きが癒えると頭から水を浴び朦朧とした意識をようやく取り戻す。

一年団員が水飲み場でへたり込んでいると、カチャカチャとスパイクの音をならして野球部の一年たちが駈けてきた。彼らもまたサバンナの動物のように水を求めにくるのだ。

序列を物語るように、真っ先に野中が蛇口に口をやる。頭から水を浴び、手で払うと水しぶきが飛んだ。野中が伸びをしながら息を吐きだした。

「野中」東が声をかけた。

「は？　誰？」

夏の予選で団長の吉村に急遽抜擢され送ったエールに、野中は帽子のつばに手を添えて応えてくれた。三年団員の引退式で、屋上から叫んだエールにも手を振ってくれた。言葉を交わしたことはないが、視線を交わしたはずだ。東は野中の記憶の中に自分がいると思い込んでいた。

「野中くん、こいつ、応援団の東」

水飲みの順番待ちをしていた野球部のアンチビが、東を紹介した。

「東は中学まで野球やってて、名古屋市の大会で優勝したんだよ」

同級生に〝くん付け〟するアンチビに、東が笑うと、野中が反応した。

「何がおかしいんや？」

「いや、別に」

一瞬だけ視線を交わし、野中がその場を去ろうとしたときだった。

「おいっ」東が野中を呼び止める。

「だからなんなんだよ」野中が面倒くさそうに振り向いた。

「俺は応援団の東だ。お前らが甲子園に行けるようにエールを振る」

「俺らが甲子園に行けるようにエールを振るって？」野中が鼻で嗤う。他の野球部員の視線も東に集中した。

「ちょっと、ちょっと」

割って入ったアンチビを野中が手のひらで押しのける。そこに応援団の上野が割り込んだ。

「俺は応援団の上野だ。俺も東と同じ気持ちだ。野球部のためにエールを振る」

上野の鼻息の荒さに野球部員たちが冷笑する。

「俺たちは応援団のために野球はやらねえぜ」

野中の言葉を残して、スパイクの音が重なりながら遠ざかっていく。アンチビが申し訳なさそうな顔で戻っていった。

くそっ、野中の野郎。野球部員たちの背中を目で追いながら、東は歯ぎしりをした。

〝地獄の夏休み〟中に、一年が五人退部した。退部者のひとり鯨井は、過酷な練習に耐えかねて、二年団員に反抗的な態度をとり、口論の末、団長の竹下に殴りかかって制裁を受けた。わめき散らす鯨井を、誰ひとりとして助けることはせず、鯨井は捨てゼリフを吐いて応援団を去った。

青あざがまだ消えない頃、鯨井が地元の不良たちとつるんで下校時の竹下を待ち伏せした。その日に限って、東と上野は、竹下たち二年と行動をともにしていた。鯨井の仲間は、改造バイクを乗り回している連中だった。

暴走族にいるというリーダー格の不良が、はだけた特攻服からさらしを覗かせ、バイクで東たちを遮った。後部シートには同じく特攻服のスキンヘッドが木刀を担いでいる。バイクは東たちを舐めまわすようにゆっくりと旋回し、東の前で止まった。

「お前ら、俺のツレをフクロにしてくれたらしいな」

違法改造されたマフラーから爆音が響く。通行人たちが足早にその場から離れていった。バイクの後ろで鯨井が睨んでいる。仲間から、「やっちまえよ」と背中を押されて、鯨井が前に出た。

「竹下センパイ、悪いスけど落とし前つけさせてもらいます」鯨井が唾を吐き、あごをしゃくった。

「退部した者に先輩呼ばわりされる筋合いはない」竹下が毅然と言い放つ。

「ビビってんのか、団長」

嗤いながら茶化す不良たちを無視し、竹下がバイクを避けて進んだ。

「聞いてんのか、この野郎！」

鯨井の額に血管が浮きあがる。仲間がアクセルを吹かし、耳をつんざくような轟音が炸裂した。

竹下が振り返り、鯨井の前に仁王立ちした。

「中京応援団は売られた喧嘩でも先に手は出さん」

「手ぇ出す前に木刀で頭カチ割ってやるよ」鯨井が凄んだ。

「やってみろ。手を出した瞬間に、お前はフクロだ。この前と同じようにな」

竹下の笑みが鯨井を封じ込む。鯨井が仲間に視線を送った。

「おい、こんなやつ早くやっちまおうぜ」

不良たちに脅されても竹下は怯まない。不良たちがバイクのエンジンを止めた。

「やってみろ。俺は第五十八代中京高校応援団団長の竹下だ」

二年団員が腰で腕を組む。東と上野も倣った。

「うっるっせー」

スキンヘッドが木刀で竹下に殴りかかる。竹下が肘で受け木刀が吹っ飛んだ。木刀を拾おうと手を伸ばしたスキンヘッドの手を、竹下が踏みつけた。

「痛ててて」

顔を歪ませるスキンヘッドを弄ぶように、竹下がグリグリと体重をかける。

「さぁどうする。まだ続けるなら、二度と木刀を持てなくなるぞ」

冷酷な竹下に不良たちが凍りつく。鯨井の顔から血の気が引いた。

「押忍、竹下先輩、そのあたりでよろしいかと思います」

東が一礼して促す。竹下が木刀を拾い、うずくまるスキンヘッドを一瞥した。不良たちは眉を吊り上げて竹下を睨んだが、反撃する者はいなかった。

「喧嘩するなら相手を選べ。俺たちには二度とつっかかるな」

そう言い残して、竹下と二年団員がその場を去った。その背中に一礼してから、上野が鯨井の前に立った。

「みっともねぇぞ。それでも元応援団員か」声を震わせる上野の目は真っ赤だった。

東が渡そうとした木刀を、スキンヘッドが格好悪そうにもぎとった。

「押忍」

不良たちに一礼し、東と上野がその場を後にする。背後に危険が迫ることはなかった。三年生の吉村、犬塚と比べ、物足りなさを感じていた二年団員への思いは、竹下の毅然とした態度によりリセットされた。東はあらためて中京応援団の誇りと尊厳を、新団長、竹下から感じていた。

野球とは何か？　エースとは何か？

十月、秋季大会が始まった。シード校として出場した県大会初戦、エースナンバーを背負った野中は、圧巻のピッチングで対戦校を寄せつけない。強引な力まかせのピッチングから一変、緩急をつけコーナーへ投げ分ける頭脳的な投球に凡打の山を築かせた。力を抑えたコントロール重視の投球は試合を重ねるごとに冴え、難なく県大会を制覇し東海大会へ駒を進めた。

優勝候補に挙げられた中京は、東海大会初戦で静岡学園と対戦する。すでに野中の名前は知れ渡り、対戦校は羨望の眼差しで見ていた。

だが野中は球の走りが悪くコントロールも荒れた。つねにボール先行のピッチングとなり、カウントを取りにいったストレートを痛打される。マウンドに集まる野手の激励に、野中が息を整えた。

「フレーフレー、中京！」

タイムがかかっても応援団のエールは鳴り止まない。エールはピンチの時にこそ選手を鼓舞するのだ。野手がそれぞれの守備位置に戻って行く。野中がマウンドをならし、気持ちをつくり直した。

「フレーフレー、野中！」

観客もまばらなスタンドに男たちの声が響き渡る。野中が、一度マウンドを外した。ピンチで自分の名前を連呼されることが受け入れ難かった。

エールをかき消すように投じた球は、打者の胸元をかすめる死球まがいのボールとなった。

キャッチャーの岡田が、〝気持ちを抑えろ〟と両手を下げた。野中が一塁ランナーを牽制しながら、〝エールをやめろ〟と胸で吐く。

ピンチが続き、ミスも重なり初回に四点を奪われる。長い長いイニングは、二度目の胸元へのくそボールを打者が強振して三振となり、ようやくチェンジになった。

苛立ちを隠すように、野中が帽子を目深に被りベンチに戻る。野中の不調でチームはいきなり劣勢を強いられた。

「フレーフレー、野中」

エールが同情に聞こえる。プライドの高い野中には、応援団の叫びが煩わしかった。

相手チームが守備につこうとする中、野中は円陣で杉浦監督に檄をとばされた。

「野中、野球は何人でやるスポーツや？」

不甲斐なさから返事ができずに、視線を落とす。子ども扱いするような言葉が、野中の心に刺さった。エースの落胆を悟られないようにベンチでナインが壁をつくる。これも中京野球の伝統だ。

「野中、堂々としろ。相手ベンチから丸見えやぞ」

岡田が笑顔で檄をとばす。

「笑って余裕を見せたれ。相手は、ずっとこっち見とるで」

二年部員が代わる代わる野中を慰める。器用に笑顔をつくれない野中が、相手ベンチを睨んだ。

「なぁみんな。この試合ひっくり返したら、トントンって勝てるような気がする。野中もあとは無失点で抑えてくれるやろうし。なぁ、野中」

岡田の激励がナインの不安を一掃した。野中への気遣いも忘れない。野中なくして新チームの飛躍はあり得ないことを、岡田は感じている。

控えピッチャーの紀藤がベンチ前でシャドウピッチングをはじめた。野中と同じ一年の紀藤にはチャンス到来だ。紀藤がグラブを叩き、〝いつでもいけます〟と監督にアピールする。野中がグルグルと肩を回した。監督が、ふたりを交互に見ながらあごを撫でた。

「あとは打たせて取りますから、守備よろしくお願いします」

何かをふっ切るように野中がナインに声をかける。監督が、目で送り出した。紀藤がシャドウピッチングをやめてベンチに戻った。

「逆転の中京、見せたろうやないか！」

ムードメーカーでもある岡田が声を張る。ベンチの空気が一気に変わった。

「焦らず大振りはするな。状況に応じて、いつも通りの野球をやればいい」監督の指示はそれだけだった。

中京打線は、単打で出塁した走者に犠打を絡め、足で掻き回す野球で、スコアボードに点を重ねる。走者をためても長打は狙わない。バットを短く持ちコンパクトなスイングに徹する打撃を徹底指導されてきた。

六回、揺さぶりをかけた攻撃で同点に追いつくと、イニングをまたがずその回で逆転した。

八回、一死一、二塁、1ボール2ストライク。野中が一塁に二度牽制する。打者にバントの意志がないことを確信し外角低めにスライダーを投じた。打者が体勢を崩しながら強引に引っ張り、ぼてぼてのゴロが6－4－3の併殺打となりピンチを脱した。それまでの野中であれば、胸元の直球で強引に三振を取りにいく場面である。併殺が完成したとき、野中はグラブをパチンと叩いて、弾むような足どりでベンチに戻った。ベンチ前でショートの三上を迎える野中に、杉浦がうなずいた。

野中は公約通りの打たせて取るピッチングで、中京は8対5で逆転勝ちした。二回以降、無失点とはいかなかったが、それでも野中の顔は晴れやかだった。

試合終了後、ベンチ前で円陣を組んだ。劣勢を撥ね返したナインの表情には険しさがあった。

「今日の試合を忘れるな。好不調は誰にでもある。いつもできていることができんこともあるし、なんでもないところでミスをすることもある。それが野球や。そこで、お前らに質問や。野球は何人でするスポーツや？」

杉浦が、野中への質問と同じことを聞いた。わかりきった答えにナインがうなずく。

「そうや九人や。そして九人に選ばれんかった者も含めた全員でやるのが中京野球や」

自身が投げた質問に、杉浦自らが答える。かけ声とともに円陣が散った。

「それとな野中」

ナインがベンチに引き上げるのを見届けてから杉浦が野中に声をかけた。

「あの場面で強引に三振取りにいっとったら代えとったで」

野中が背筋を伸ばし帽子をとる。

「バックを信頼してこそエースや。それができんやつはマウンドから降ろす。全員野球とは、そういうことや」

野球とは何だ？　エースとは何だ？　単純な疑問を浴びせられながら、野中は背番号1の重さをひしと感じていた。

辛勝したチームにエールが送られる。団旗がはためき、団員の野太い声が風に乗る。

「応援団も、必死で応援してくれとるで」

監督の言葉に、野中がスタンドに目をやった。空になったスタンドでは、応援団のエールが続いていた。

野中は復調し、準々決勝の海星戦を2対1、準決勝の静岡市立戦を3対0で投げ勝つ。いずれも緩急をつけたコントロール重視の投球で、ここぞというときには力で打者を封じた。調子を取り戻した野中の投球に守備のリズムも良くなり、ランナーを許しても併殺プレーでピンチを凌ぐ。こうしたプレーがチームの信頼関係を厚くすることを、野中は身をもって感じた。史上まれにみる貧打戦と揶揄された打撃陣も、機動力を生かしたコンパクトな打撃で、少ないチャンスをものにしてチームは自信をつけていった。

決勝戦の愛知戦では、紀藤にマウンドを譲った。当然、自分が投げるものだと思っていた野中は不満を持ったが、監督の言葉を思い出しぐっと耐えた。〝野球は何人でやるスポーツや？〟監督の言葉がリフレインし、自分が無失点で抑えれば負けないという持論が少しずつ変わっていく。マウンドに立たなくても自分はこのチームで戦っているのだと言い聞かせた。ユニフォームには背番号1が縫い付けてある。どれだけ紀藤の調子が良くても、背番号1は渡さない。エースは俺だと胸に言い聞かせた。

試合は中京が8対2で勝利する。紀藤の球はキレ、打線も今大会でいちばん振れていた。野中は投げたい気持ちを隠し勝利を喜んだ。これで春の選抜はほぼ確定だ。二年の春から四回連続出場してみせる。その一発目の選抜大会で、力を見せつけてやると。

優勝を決め、ナインがスタンド前に整列した。応援団が歓喜のエールを振っている。この日は予想を超える大入りとなり、中京応援席は満席となった。優勝を祝福する校歌の大合唱に、野中ははじめて胸が震えた。甲子園という夢の入り口にようやく辿り着いたのだ。

応援団が最前列に並び拍手を送る。ナインが脱帽し、深々と頭を下げた。野中の目に東が映った。東と視線が合うまで野中が待つ。視線が合うと、野中が帽子に手をやりあごを引いた。今回は自分に送ってくれた仕草だと確信し、東が礼を返した。

新聞は「野中、紀藤のダブルエース」と騒ぎ立てたが、野中に動揺はなかった。どちらが真のエースか今にわかる、そんな自信が滲んでいた。

学年末試験を終え、一年生を終える。不良で鳴らした中学時代から一変、奴隷のような一年を振り返りながら、東はある種の感慨を抱いていた。

退屈な日々の中、罠にはめられるように入部させられた応援団で先輩団員から蹴りが飛んだ。自慢の長ランは泥んこになり、地べたに正座をさせられた。自分より格下の男を先輩と呼ぶ屈辱。そんな思いを読み取られ、空威張りの先輩から特訓という名の集中砲火を浴びた。一年生という地獄を振り返ると、笑いが込み上げてきた。よく我慢したもんだと、自らを称えながら。

「何笑っとるの、気持ち悪い」

気味悪がる母親に、「別に」と返し、またほくそ笑む。茶碗を差し出しおかわりをせがんだ。

「お父さん、この子、さっきから思い出し笑いばかりして気持ち悪いのよ」

肘で突かれても父親は関心を示さない。父親が面倒くさそうな顔で総菜に箸を伸ばした。

「この子ぐらいの時期は、何を考えとるのかさっぱりわからん」

母親が、ひとりごちる。

「ちょっと、聞いとるの？　なんか話すことはないの？　部活動のこととか」

「別に」

「ほれ、また、〝別に〟って。感じ悪い」

部活でシゴかれた話を喜んで話す息子がどこにいる。汚れた学ランを見れば察しがつくだろう。腫らした顔を見て「負けたの？」って、喧嘩もできないからムカつくのだ。

母親の小言が過ぎると、東はいつも腹で愚痴りながら席を立つ。言い争いになれば勝ち目がない。ごはんをおかわりしたくても我慢する。ただし、〝ごちそうさま〟と手を合わせることは忘れない。そうせずに、幼い頃、父親に怒鳴られたことがある。自分の茶碗は自分で洗う。それが東家のしきりだ。

「お父さんからも注意してくださいよ。学校であったことを話しなさいって」

父親が箸を揃え、手を合わせる。〝ごちそうさま〟と口を動かした。

「聞いとるの？　この家の男たちは口がないんかね」

金切り声の母親から逃れるために、東が二階の部屋へ避難する。

「襟にバッジもついとるし、学校も部活も続いとるだけ立派なもんや」

階段の軋む音にまぎれて、父親の声がした。

「よお見たらお父さんと一緒やね、金色のバッジ。おんなじ仕事に就くのかしら」

ベッドに寝そべり天井を見上げた。父親の言葉じゃないが、よく続いたものだと胸に言い聞かせる。

犬塚との衝撃的な出会い、吉村からの制裁、同級生の離脱、ヒリヒリすることばかりだが、どの場面でも感情が揺さぶられた。鉄拳制裁に耐えた日々は、ひとまわり人間をでかくしてくれた気がする。

思い出と呼ぶにはまだ早いが、痛くて苦い出来事だけが一年生の記憶だ。

目的もなく、彷徨うだけの毎日から脱却できただけでもラッキーということか。少なくとも退屈しのぎには事欠かない一年だったことは事実だ。

もうすぐ二年生になる。その前に、甲子園が待っている。ユニフォームを着て立つことを夢みたグラウンドではなく、すり鉢状のアルプススタンドが。それでも東はときめいていた。そう感じられることが、一年生という時間の集大成だったと、感慨に浸りながら。

三学期の最終日、全校朝礼が行われ、野球部員が全校生徒と向き合った。朝礼はそのまま野球部の壮行会となり、野球部員の正面に応援団が整列した。

この日も東の正面には野中がいた。昨年夏には互いに端にいたが、今回は真ん中だ。野中はエースとして、東は学年リーダーとして、ともに重要な役割を担っている。

竹下が一歩前に出てエールを振り、応援団員たちが合わせる。全校生徒の野太い声が校舎に谺《こだま》する。

まだ寒い早春の空に、生徒たちの白い息がいくつも重なった。

キャプテンが甲子園での健闘を誓い、野球部員が深々と一礼する。万来の拍手の中、東は野中と目が合った。野中の目をじっと見据え、小さくうなずく。野中が白い歯を見せた。

ふたりはまだ会話をしたこともない。

甲子園百勝

昭和五十七年三月。選抜高校野球大会前日、出場校は開会式の入場行進の練習を行うためにグラウンドに集合した。球児たちは巨大なすり鉢状の甲子園球場に目を丸くしている。これまでに甲子園通算九十八勝を上げている中京高校は、大会期間中に史上初の通算百勝の偉業に期待をかけられ、注目校のひとつに数えられていた。中でもエース野中は、秋の地区大会において、出場チーム中、最高の防御率を記録し、大会屈指の好投手として専門誌にも大きく取り上げられていた。

甲子園初戦となる桜宮戦。地元大阪のチームとあって、一回戦から客の入りは上々だった。

ピッチング練習が始まり、桜宮ナインが野中を食い入るように見る。野中は気持ちの高ぶりもなく、リラックスしてマウンドに立った。

野中が大きなワインドアップから腕を振った。ゆっくりとミットに収まるボールに観客が落胆し、桜宮ナインが顔を見合わせる。肩透かしを喰らい、安堵の表情を見せる者もいる。二球、三球、まだ球は走らない。

「野中、調子悪いんか」キャッチャーの岡田が心配そうに声をかける。

「絶好調ですよ」野中が笑顔で返した。

「お前の腹は読めた」岡田が野中の胸を突いた。

両校がホームベースを挟んで整列し、後攻の中京ナインがグラウンドに散った。野中があらためてマウンドをならし、肩を回す。野手のボールがファウルゾーンに出された。

球審がプレイボールを告げ、サイレンが鳴り止まないうちに投じた初球に球場がどよめいた。打ってみろと言わんばかりのど真ん中のストレート。キャッチャー岡田はしばらくミットを動かさないまま。たった一球で空気が一変した。余韻を楽しむように、野中が肩を回す。スタンドのざわめきが心地よかった。

打者がバットを短く持ち直す。桜宮ベンチに目をやると、選手が固まっていた。

これがやりたかったんだよ。野中が心の中でほくそ笑んだ。記念すべき甲子園の第一球目は、どうしてもど真ん中のストレートを投げたかった。投球練習はこの一球のための伏線だった。

ひとつ息をつき気持ちを切り替える。二球目からは岡田のリード通り変化球を軸にコースに投げ分ける。監督の言葉を反芻し、野手を信頼して打たせて取るピッチングだ。

五回裏、中京の叩きつけた打球が野手間を抜く。続く打者が定石通りに送りバントを決め打順は下位へ。徹底したダウンスイングで、またも打球が野手間を抜き、この回ふたりを本塁へ生還させた。

試合は一点を返され2対1と中京リードのまま終盤へ。小康状態の続くゲームにベンチ前で円陣が組まれた。

「ええか、相手にもっともダメージを与えるのはコツコツと点を取ることや。あと30センチで届くようなゴロで抜かれるのが堪えるんや。球をよう見てぎりぎりまで引きつけてから打つんやで」

大振りになりかけていた打撃陣に、杉浦がコンパクトなスイングを徹底させる。

「ヒーローになろうと思うな。お前らみたいな雑草軍団はチーム全員でヒーローになるしかないんや」

打線はバットを短く持ちホームベースぎりぎりに立った。インコースをつぶして、外角球をセンターへ狙う。単打と犠打で中京打線が小刻みに点を重ね4対1とリードした。

八回、野中の球が浮きはじめ、ノーアウトから二者連続四球を与える。マウンドに守備陣が集まった。野中が首を傾げ、指のかかりを確かめる。杉浦は、それがポーズであることを見抜いていた。ひとりよがりのピッチングにならなければよいがと、不安にかられながら。

試合が再開し、野中が二度、三度と一塁走者を牽制する。セットポジションから背中で走者を牽制しストレートを投げ込んだ。バットは空を斬ったが、キャッチャー岡田が両手を押し下げた。

ベンチで杉浦がうなずく。ファウルで粘られ、フルカウントからぼてぼてのサードゴロに打ち取るが、打球が弱く内野安打となる。無死満塁のピンチに、野手がマウンドに駆け寄った。

野中が腰に手を当て、小さくうなずいた。

「三点差あるんで、ここは打たせて取りますのでお願いします」

野手が笑顔でポジションに戻った。

続く打者を6－4－3のダブルプレーに打ち取る間に三塁ランナーがホームへ生還する。野中が指で2アウトを指示する。野中は続く打者をサードゴロに打ち取り、ファーストがショートバウンドをすくい上げてスリーアウト。ピンチとなったこの回、野中はバックを信頼し、すべての打者を内野ゴロに打ち取った。九回も難なく三者凡退で抑えた野中は、自責点一を負い甲子園初勝利を挙げた。

ホームベースを挟んで対戦校と挨拶をする。健闘を称え合い握手をしてから、中京ナインがスコアボードに向かって整列した。

「勝ちました中京高等学校の栄誉を称え、同校校歌を演奏いたします」

場内アナウンスが響き校歌が演奏される。甲子園ではじめて聞く校歌に鳥肌が立つ。

東もまた、今までにない感動を味わっていた。〝これが甲子園で流れる校歌か〟。最前列では団長の竹下が渾身のエールを振っている。校歌は団長しかエールを振ることが許されない。竹下に一年後の自分の姿を重ね合わせると指先まで力がこもった。

大歓声のもと、中京ナインがアルプススタンド前に駈け込んできた。どの笑顔も野球少年のものだった。ふてぶてしい野中も白い歯を見せている。

「応援ありがとうございました」

深々と一礼するナインに、あらためて拍手と歓声が送られる。試合後にキャッチボールをする野中に多くのフラッシュがたかれ、女性ファンが黄色い声を投げた。

インタビュールームで野中は、杉浦監督と別々にインタビューを受けた。

「初戦は強豪、桜宮との対戦でしたが、いかがでしたか」

「いつも通りのピッチングを心がけました」

「次は甲子園通算百勝がかかる試合ですが、お気持ちはいかがですか？」

「バックを信頼していつも通りの投球をするだけです」

優等生のようなコメントに報道陣が拍子抜けする。インタビュアーが別の質問で野中を煽る。

「大会前から前評判の高かった野中投手ですが、はじめての甲子園のマウンドはいかがでしたか？」

野中が一瞬、言葉を探すようなしぐさをした。

「振り返る余裕はありませんでした」

勝利監督インタビューを受けている杉浦と目が合った。本当は、「負ける気がしなかった」と言いたかった。


応援団の宿泊する禅寺では反省会が開かれていた。勝ってても負けてもあるのは反省のみ、応援団に祝勝会はない。「時を省みて次へ進む。それが応援団の心意気」と犬塚が言っていた。卒業間際まで、〝大団旗をアルプススタンドに掲げたかった〟と言っていた犬塚は、自分たちを羨ましく思うだろう。吉村はどんな思いでテレビを観たのだろうか。ふたりの姿は、アルプスにはなかった。それとも離れた席で応援してくれていたのだろうか。

その夜、応援団総員十八名でごはん四升を平らげ僧侶を驚かせた。

「ご飯と一緒で、あと四勝すれば優勝ですね」僧侶のジョークに食堂の空気が和む。

「その前に通算百勝ですね。頑張ってください」全員が「押忍」と声を揃えた。

その晩、東は部屋で高校野球ハイライトを観ていた。満塁のランナーを背負い、野中が胸のCHUKYOマークを握る姿に目が止まる。祈りを込めているようにも見えた。

だとしたら応援団にしかできないことがある。孤独のマウンドに、自分たちのエールは届いただろうか。ピンチの場面で、エースを奮い立たせることができただろうか。そう思うと、東はいてもたってもいられず、部屋を飛び出した。庭では竹下がひとりでエールの手振りの練習をしていた。

「おぉ、東。一緒にやるか」

「押忍」

応援団にとっても甲子園百勝は歴史的な瞬間である。


甲子園通算百勝がかかった朝、団員総出で寺の掃き掃除をしているときだった。野球部が早朝散歩で寺の前を通りかかり、杉浦監督が足を止めた。

「みなさんいつも応援ありがとうございます。たいへん心強く思っております」

杉浦の丁寧な言葉に、団員が直立する。

「押忍、本日の勝利を祈念しております。自分たちは力いっぱい応援します」

「団長、もう少しリラックスしてくれよ。こっちまで固くなってまうやろ」

赤面する竹下に、杉浦が「押忍」と戯ける。野球部員が顔を見合わせて笑った。

「朝から掃除とは感心やな。お前らも手伝って心を清めたらどうや」

杉浦の言葉に、野球部のひとりが、「手伝うよ」と団員から竹ぼうきをとり庭を掃き始めると、つられるように野球部員たちが掃き掃除をはじめた。住職が朗らかな顔で、「感心感心」と手を打ち鳴らす。住職は杉浦と挨拶をかわし、若い僧侶に人数分の竹ぼうきを用意させた。

「心を込めて掃除をしてはじめて、健やかな気持ちで禅が組めるのです」

住職の説法を聞きながら、野球部員に竹ぼうきが渡される。両部員入り交じっての掃き掃除は、急遽親睦の場となった。

背中合わせで掃いていた東と野中がぶつかり、顔を見合わせる。野中だとわかると、東が息を呑んだ。

「野中」

野中が振り向いた。

「おぉ、そういえば前に会ったよな。水飲み場で」

「あぁ」

「あのときは変なこと言ったけど、悪く思わんでくれ」

「思ってないよ。俺の名前、覚えとる？」つい東が口にした。

「すまん、教えてくれる？」野中が申し訳なさそうに言った。

「東淳之介。よろしく」

「東か、俺は野中徹博」

「お前の名前は誰でも知っとるよ」

「いきなりお前とは、慣れ慣れしいな」

しまった。東が顔を顰める。君っていうのも変だと思いつつ。

「まぁいいか、同級生やし」

「何度か目が合ったんやけど」

「どこで？」

野中に聞き返され顔が熱くなるのがわかった。

「どこでもいいわ。とにかく俺は東、覚えといてくれ」

好きな女に告白でもするかのように動揺する。

「覚えとく。アズマでええよな？」

「おぉ、お前は、野中でええやろ」敢えて、お前と言ったのはナメられたくないからだ。

「特別に、野中もお前もええことにしたる」

凄味のある口調。同級生に凄味を感じたのは初めてだ。バッターボックスで対峙したらどれほどのプレッシャーを感じるのだろう。野球部に入らなくて正解だったと思った。

「そろそろ行くぞ」杉浦が集合をかけ住職の前に整列させた。

「一同、礼！」

住職と僧侶が手を合わせて返礼する。

野球部員を見送り、応援団が掃除を再開させた。ようやく野中と話せた東が、嬉しそうに竹ぼうきを走らせた。

「野中と喋れてそんなに嬉しいんか」

「なんやと？」

同級生団員に冷やかされてムキになる。

「はいはい、ごめんなさい。学年リーダーさま」

「シバくぞ」

茶化されながらも、まんざらでもない感じだった。野球部が甲子園百勝を目指す日に、ようやく野中と喋れたのだ。京子にからかわれたことを思い出し、東はまた顔が熱くなった
中京高校の甲子園通算百勝を前に周囲はヒートアップする。多くの報道陣が記者席に詰めかけた。

試合前の練習に登場する中京ナインを大観衆が迎え、実況がはやる気持ちを抑えきれずに煽りたてた。単独校の甲子園通算百勝は偉業なのだ。

巨額の強化費を投じる甲子園常連校でも力を持続することは困難だ。秘伝のタレのように、伝統を注ぎ足すだけでは強くはならない。伝統という土台に、いかに新しい風を融合させるかが現代野球なのだ。肩を冷やすからとタブー視されていた水泳がオフシーズンのトレーニングに取り入れられ、柔軟体操はストレッチングというコンディショニング方法に変わった。根性論から科学的トレーニングへ。数多の伝統校が、進化するスポーツ理論の潮流に乗り遅れる中で、中京野球は新しいトレーニングを取り入れて甲子園に還ってきた。そして今日、単独校の通算百勝という歴史的なマウンドに野中が立つ。甲子園の歴史に燦然たる一ページを刻むために。

中京応援団が学ランを着用しない理由は、品位に関わるというのが真相だ。学ラン姿での応援にクレームが寄せられたこともあり、ユニフォームの着用を余儀なくされたのだ。

当初、応援団は拒んだが、学ランよりも動きやすく機能的ということで受理することになり、いつしか甲子園に出場しなければユニフォームが着られないという価値観が生まれた。今では白地に黒字のCHUKYOトレーナーとブルーのスラックスは、アルプスのシンボルである。

学ランからトレーナーになり、イメージチェンジは成功したが、それまでの硬派な印象から、あまりにもかけ離れていたため、他校団員から軽く視られて、摑み合いになることもあった。中にはトレーナーを血に染め、白テープで隠して試合に臨んだ団員もいた。今ではユニフォーム姿も周知され、中京応援団が通れば道が開く。九十九勝の歴史には、応援団の武勇伝も含まれているのだ。

竹下が、アルプスの大応援団を前に、試合前の口上を行う。

「中京ファンの皆さん、並びに先輩、生徒諸君。本日は我ら中京高等学校に絶大なるご声援をお願いします」

「今日で甲子園百勝や、頼んだで応援団！」

ファンがたまらず叫ぶと、応援席が拍手と歓声で沸いた。

「それでは、まず大成高等学校の健闘を祈って、フレーフレー大成！　次に我ら中京高等学校の勝利を祈って、フレーフレー中京！」

一気にボルテージがあがり、竹下の声が掻き消される。プレイボールを待たずに、純白のトレーナーに汗が滲んだ。

両校ナインが整列し、後攻めの中京ナインがグラウンドに散って行く。野中がゆっくりとマウンドの土をならし、プレートの感触を確かめた。例によって、山なりのボールで肩を慣らす。大成ナインがタイミングをとりスイングをする。プレイボールのサイレンが鳴り響いた。

先頭打者への一球目、意表をつくスローボールに打者がタイミングを外され見送った。野中は守備のリズムを考えた投球に徹し、有利なカウントに追い込み、低めを打たせてゴロの山を築いた。真ん中のストレートを何球か投げ込んだのは、球の走りを確認するためだ。

野中の投球は冴え渡り、大成打線が凡打を重ねる。ただこの日はチーム打線も湿り、二回に一点を先取したものの、その後は得点圏に塁を進めるのが困難だった。

「お前ら、百勝がかかって硬くなってるんじゃないか。脇が開いとるぞ。よぉ球を見て引きつけてからボールを叩け」

突破口を見出せない打線に杉浦が檄を飛ばす。

「こういう膠着した試合を経験してチームは強ぅなるんや。特に今日みたいな日にな。さぁここで踏ん張って、百三勝して優勝旗持って帰ろうや」

プレッシャーがかかる選手たちに、この試合は通過点だと杉浦が鼓舞する。

「野中にホームランでも打たれてみぃ、ぜんぶ野中に持ってかれてまうぞ」

ナインの顔がほころんだ。監督の手腕とは、選手の心をほぐすことなのかもしれない。冗談めいた言葉の中に、競争意識を焚きつけながら。

ナインが円陣を組み気合いを入れる。変化球に頼る相手に、大振りになりがちだった打線が、ボールを見て粘り、四死球でも出塁する作戦だ。

ファウルで粘ったあと、叩きつけた打球が三遊間を抜けた。球足の速い打球にレフトが慌て捕球ミスをしたが、無謀には次の塁を狙わない。好機はそれほどないことを選手たちは理解している。

八回2アウト1塁で杉浦がサインを送る。キャッチャー岡田に盗塁を命じた。それほど足の速くない岡田にノーマークのバッテリーが変化球を投じると、巨体を揺らすように岡田が二塁を狙った。慌てたキャッチャーの送球が逸れ、岡田はセカンドベースを蹴り三塁へヘッドスライディングした。公式戦初盗塁を記録した岡田が、誇らし気にユニフォームの土を払った。

チャンスで打順は野中に。両校無失点のまま終盤を迎えた場面で、俺が決めると言い聞かせた。

初球のスライダーが外角低めいっぱいに決まり、キャッチャーが岡田を牽制する。続く二球目、外角やや甘めのスライダーを、野中が強振する。バックネットを越えるファウルに、監督が、〝引きつけろ〟と指示した。追い込まれた野中に、誘い玉が二球続く。一球目を見極め、二球目は辛うじてフアウルチップした。三塁走者の岡田がサインを盗み、次も同じボールだと野中に伝える。スライダーの曲がりばなを叩き、三遊間の深いところからショートがファーストに送球する。野中が執念のヘッドスライディングをする間に、岡田がホームに滑り込んだ。

「セーフ」

静寂のあとにスタンドが揺れた。中京ベンチでは選手たちが抱き合い、大成ベンチは天を仰いだ。顔の土を拭う野中をテレビが追う。ベンチでは岡田が手荒な歓迎をされている。中京バッテリーが、泥だらけになり一点をもぎ取った。

最終回も野中は打たせて取るピッチングに徹し、大成打線を無失点に抑え、中京は1対0のスコアで二回戦を勝ち上がった。実況が、「甲子園百勝」を連呼し、立役者の野中がアップになる。地元名古屋では各所に大型スクリーンが設置され、観衆は歓喜した。偉業を成し遂げたナインが整列する。スコアボードの0行進は、野中にとって甲子園初完封である。

百回目の校歌を竹下がエールで先導する。いつも冷静な竹下の瞼には光るものがあった。すべての応援団員が感情の高ぶりを振り払うようにエールを振る。少しでも気を緩めれば涙腺が決壊してしまいそうだ。

東もまた同じ思いでエールを振っていた。堪えきれなかった涙は、汗と一緒に拭った。団員たちは鼻をすすり頬を濡らしながらエールを振り続けた。

テレビが完封劇を繰り広げた野中をヒーローへと祭りあげる。時にはアップを、時には泥だらけになったユニフォームを映しダッグアウトへ向かう背番号1をドラマチックに追い続けた。

インタビュールームでは、初戦とは比較にならないほどのマイクが並んだ。代表質問者が野中を見上げながらマイクを向ける。

「甲子園通算百勝おめでとうございます。どうですか、この歴史的偉業の立役者としては」

「ありがとうございます」野中が言葉少なに答える。

「完封勝利ですよ。納得のいくピッチングができたんじゃないですか？」

「キャッチャーのリードと守備陣のおかげです」

謙遜する野中に、インタビュアーが感動的なひとことを言わせようとする。

「これで球史に名を刻むことになりますね。通算百勝ですよ」

インタビュアーがマイクをオフにして、「率直な気持ちを聞かせてください」と食い下がった。

「僕らは二勝しただけで、九十八勝は先輩方が積み上げたものです」

大人びた野中の発言に根負けするようにインタビュアーがマイクを引いた。テレビカメラが杉浦に切り替わると、杉浦も同じことを言った。

「九十八勝を飾った選手たちに敬意を表します」

実況席で解説をしていた中京ＯＢが、「これが中京野球なんです」と声を裏返す。

「これが伝統の強さなんですね」アナウンサーが感慨深げに言った。

中京応援席は沸き上がり、通路には紙テープが乱舞した。応援団員はすぐさまゴミを拾い、中京ファンと入れ替わりで入ってきた他校の応援団から、「おめでとうございます」と言われ、東が「押忍」と返した。

「こんなに一生懸命ゴミ拾いをする応援団は見たことありません」

さりげなく言われた言葉に、東は試合の勝利と同じぐらい感動した。

「これが甲子園百勝を達成した、中京高校応援団です」

悪ノリだと知りつつ、東は自分の言葉に酔いしれた。


翌日、野球部は朝の散歩で、応援団が宿泊する寺に寄った。三十分早めに出たのは、応援団に礼を言うためだ。境内で応援団員たちと談笑する野球部員に、住職が祝福の言葉をかけた。

「甲子園通算百勝のお祝いに、選手のみなさんにプレゼントを用意しました」

住職の合図で、若い僧侶が人数分の竹ぼうきを抱えてきた。

「たまにはこういうバットもええでしょう」とんちの利いた和尚に場が和らいだ。

中京のウィンドブレイカーに気づいた歩行者が口々に祝福をする。ヒーローとなった野中にはひときわ声がかかった。

「甲子園で勝つたびに、お前らの顔は知れ渡っていく。過去には勘違いして天狗になった者もいた。それでチームワークが乱れて、次の試合でその選手をスターティングメンバーから外した。ヒーローが生まれるとリスクも生まれるんや。もっとも今のチームにヒーローはいないがな。本当のヒーローは、チームを支え、チームのために尽くす選手のことや」

杉浦が野中の目を見て言った。強ばりかけた空気を住職が今いちど引き締めた。

「監督の言葉は人間社会の基本そのもの。我々も学ばせていただきました。どうですか野球部のみなさん、応援団の諸君も一緒に座禅を組みませんか」

杉浦がマネージャーに予定を確認し、「それではお言葉に甘えます」と住職に伝えた。野球部員たちが鼻にシワを寄せる。野球部キャプテン岡田と竹下がそれぞれの部員たちに指示をし、両部員たちが本堂へ向かった。

野球部と応援団が入り交じり、二列に並ぶ。東は野中の隣に座った。

「ここいいかな」

「おぅ」

「どうした？　浮かない顔して」

「俺、座禅組めないんだよ」

「嘘だろ、野中に弱点があるとはな」

「身体硬いんだよ」

難儀する野中に、僧侶が無理矢理に禅を組ませる。

「痛てて、い、痛いです。無理です」

顔を真っ赤にして苦悶する野中に、周囲が笑いを堪える。最初に吹き出したのは杉浦だった。

「監督、笑うとは失礼ですぞ」住職に睨まれ、杉浦が「申し訳ありません」と頭を下げる。野球部員が必死で笑いを堪えた。杉浦に見えないように、ガッツポーズをした者もいる。

五分もたたないうちに生徒たちが音をあげた。僧侶に警策《きょうさく》で肩を打たれ、背筋を伸ばし、尻の下で足を組み替える。最後まで禅を組むことができたのは数人だけで、そのひとりが杉浦だった。さっきの名誉挽回とばかりに杉浦が勝ち誇って腰をあげると、足がよろけて柱にもたれかかった。これには両部員とも笑いを堪えきれず、声をあげて笑った。

「時にはムードメーカーになることも必要や」

照れ隠しをする杉浦に、また笑いが起こる。野球部は、その日から毎朝、応援団とともに早朝座禅を組んだ。日一日と野球部との距離が近くなることを東はうれしく感じた。

準々決勝対尾道商業戦。この日も一点を先制するが、七回、制球に苦しむ野中を尾道打線がとらえ、長打を絡める四連続安打で3対1と逆点を許す。しかし中京打線は好機で打線がつながり、九回に逆転すると、持ち直した野中が尾道打線の打ち気をかわす頭脳的なピッチングで追加点を許さなかった。試合は中京が5対3で打ち勝ち、準決勝へと駒を進めた。

リードされながらも冷静に試合を運び、好機を逃さず逆転した試合にチームは自信を深めた。一戦ごとに成長する選手たちの脳裏に優勝の文字が浮かびはじめる。目標を聞かれ、「優勝」と口にするようになり、ナインの志気は高まっていった。

準決勝のマウンドに野中が立つと、スタンドの歓声はさらに大きくなった。スターへの階段を駆け上るように、一戦ごとに声援のボルテージが高まっていく。報道席の望遠レンズはほぼ野中に焦点を合わせている。

対戦校の二松学舎大付属ナインが、野中の投球練習を食い入るように見つめ、多くの選手がタイミングを計った。

野中が睨みつけ肩を回すと、二松学舎ナインが視線をそらした。テレビ画面からは伝わらない緊迫感が両者の間を埋める。プレイボール前、すでに心理戦は始まっている。

予想通り、試合は拮抗し、中京打線が好機をつくるが、相手の技巧派投手を打ち崩せず、残塁のままチェンジを繰り返すちぐはぐな攻撃が続いた。

一方の二松学舎打線は、好球がくるまで徹底してファウルで粘り、じわじわと野中の手元を狂わせる。タイミングが合うようになり、芯をとらえた打球がセカンド正面に難しいバウンドとなって失策を誘う。二松学舎は、叩きつけるバッティングで走者をため、五回、七回、八回にコツコツと得点する。マウンドに集まる内野陣の表情はテレビ画面からでもわかるほどぎこちない。野中は紀藤にマウンドを譲った。一発勝負のトーナメント戦では、ひとつのミスが命取りになることがある。甲子園は残酷なドラマだ。

中京は八回に一点を返すが1対3で敗退する。優位に試合を進めながら。数少ないピンチで痛恨のミスを重ね、逆転をはやるあまりに打線が空回りし、つながりをつくれないままゲームセットのコールを聞いた。

野中にとって初めての甲子園が幕を閉じた。すべての試合に先発し、完封を含む三連続完投を記録、チームの通算百勝を達成する試合のマウンドにも立った。勝ち進むにつれ報道陣を引き連れ、ファンに記憶を残しながらも、野中に残ったのは準決勝での敗退だけだ。中学一年から甲子園で優勝すると豪語していた野中にすれば、準決勝敗退は物足りなかったことだろう。春を告げるやわらかな浜風が、野中には凍てつく北風に感じた。

その日の夕食の空気は、前日までのものとは別物のようになった。誰もが口々に試合の反省を口にする。「俺がエラーしなければ」「あの場面でバントを決めていれば」タラレバが悔恨を誘い嗚咽で声が詰まる。部員たちが下を向いた。

通夜のような夕食会に、杉浦が陽気な声で手を叩いた。

「よーし、感傷的になるのはもうやめや。今、泣いとらんチームは日本中に二校しかないんやで。うちより前に泣いたチームは、もう泥んこになって練習しとる」

キャプテンの岡田が全員を整列させる。

「二年っ、全員で校歌を歌え」

二年部員が涙を拭いながら歌い出す。三年部員たちが歌声を重ねた。嗚咽で声にならない者もいる。部員たちの拳が震えている。こうした姿が名門をさらに強くする。

翌朝の朝刊は、野中を「悲運のエース」と書き立てた。守備陣の度重なるエラーに投球リズムを崩し、一挙に大量失点を喫したエースを嘆いたのだ。誰かを戦犯扱いする記事が、東は許せなかった。せめて野中がこの記事を目にしないようにと願った。

安部飯店

新年度がはじまり、東は二年に進級する。一年前に校門をくぐったときには何の感慨もなく、どうすれば三年間暇をつぶせるのだろうと、空虚な思いを巡らせた。それでいながら、学ランとボンタンを新調しどこか戦闘モードに入っていた。

父親が薦めた中京高校が、どれほどのものか確かめる前に強引に応援団に勧誘され、断るのも癪だと意地で入団を決めた。予想はしていたものの、その理不尽な指導に、腹立たしさを覚える日々だったが、退団せずに今も団員バッジをつけている。

〝二年になれば〟、そう言われ続けてきた時がようやく訪れた。これで青あざをつくることも、屋上で正座させられることもない。父親は進級したことに特に関心を示さず、「もう二年か」と呟くだけ。

母親は男子校であることさえ知らなかった。

「最近は顔を腫らして帰って来んようになったね。昔は、相手の家へ謝りに行かされて大変やったわ」と母が笑う。

よく言うよ。そもそもガキの頃、相手の家に殴り込みに行かせたのはあんただろうと、喉元まで出かかった言葉を押し戻す。それがきっかけで不良になったようなものだと思いながら、ケラケラ笑う母親に呆れ笑いをした。

「甲子園はどうやった」眼鏡で新聞を追いながら父親が聞いた。

「どうって？」東が味噌汁を啜りながら聞き返す。

「なんでもええから言ってみろ」

「必死やったでようわからん」

「それだけ夢中やったってことか」

「夢中ってよりも必死や」

「そうか」

父親が無造作に新聞を畳んだ。

「行ってくる」

母親はどんな用事をしていても手を止めて玄関まで見送る。ジャケットに糸くずがついていないか確認し肩を払ってから、「行ってらっしゃい」と父親を送り出す。

「あれは」

そう言って父親が忘れ物を伝える。その日は、煙草とデュポンのライターで、帽子や書類の日もある。幼い頃、母親が東の目を盗むように、幾重にも包まれた何かを父親に渡していたことを思いだした。その光景が東の脳裏から離れることはなく、父親の仕事が何かを知ったときに、はじめて辻褄があった。

父親が姿見で身だしなみを整え靴を履く。

「わしも応援団やってみたかったわ」

父親の言葉を、東は皿を片付けながら聞いていた。

二年生になると下校時に飲食店への立ち寄りが許可される。店先で先輩が食事をすませるのを待たされることもない。いちいち学校から離れた場所まで行かなくてもメシが食えるのだ。些細なことがこれほど嬉しく思えるとは、我ながらよく我慢したものだと、東は過ぎた日々を懐かしんだ。

学校の裏門からほど近い『安部飯店』は中京生の溜まり場だ。野球部の大ファンの店主が、それまで構えていた店から移転したというほどの熱の入れようで、レギュラー組には頼んでもいないのに餃子が振る舞われる。もちろんご飯は大盛りで、天津飯など頼もうものならあんかけが皿からこぼれ落ちそうな勢いだ。反面、戦績が芳しくないと監督よりも口うるさく叱られ、店内でバッティングフォームを矯正される。その指導が的中し、スランプを脱した選手がいたり、ベンチ組が見違えるような活躍をしたこともあり、店主は野球部員たちから親しみを込めて、〝アベちゃんコーチ〟と呼ばれている。

アベちゃんは名古屋生まれであること以外、中京高校と関連するものは何ひとつない。母校でもなければ野球経験もゼロで、グローブを買ったことすらない。

『安部飯店』は応援団員もよく利用し、東は何度も店先で先輩を待たされたことがある。店主は、野球部の次に応援団が気に入っていると先輩団員から聞いていた。

同級生とはじめて『安部飯店』に入ると、手ぐすねを引くように店主が待っていた。

これが噂のアベちゃんか。しばらく見入っていた東が、「なに見てるんだ、お前は」と凄まれた。

「今日は応援団か。昨日はサッカー部で、一昨日はハンド部が来たなぁ」

自慢げなアベちゃんに背筋を伸ばす。さもなければ姿勢を矯正されるかもしれない。

「ところで先輩から聞いとるか？」いきなりアベちゃんがかまをかけた。

「何をでしょうか」団員が聞き返す。

「なんだ、聞いてねぇのかよ。竹下を叱ったらなあかんな」

もったいつけて、なんだか面倒くさそうなアベちゃんが、「じゃ話したる」と言って、注文も取らずに捲し立てる。東たちは、腹を空かしたままアベちゃんと中京野球部との因果関係を聞かされた。

高校時代、帰宅途中のアベちゃんが繁華街を歩いていると、たちまち不良学生たちに絡まれビルの狭間に連れて行かれた。肩を組まれ、脇腹を小突きながら金をせびる不良に、アベちゃんは必死で抵抗した。運悪くその日は教科書代を持参していて、不良たちが笑いながら財布から現金を抜き取った。泣きながら抵抗したアベちゃんは、不良たちから殴られ蹴られ、路面に倒された。それでも現金を取り戻そうと不良たちに立ち向かった。

するると遠くから黒いバッグを持った高校生が、不良たちに声をかけた。

「おーい、弱いものいじめはやめとけよ」

ビルの狭間に声を反響させながら、高校生がアベちゃんたちに近づいた。

「五対一か、むちゃくちゃやっとるな」

「なんだぁ、この野郎」

不良のひとりが啖呵を切った瞬間、高校生の蹴りがみぞおちに命中した。不良が声を漏らしながら路面に崩れ落ちる。いも虫のようにもがく不良の髪の毛を掴み、もう一発同じ箇所に蹴りを入れると、不良は卒倒した。

「ひとり減って四対一になったけど、やるか？」

不良たちが顔を見合わせた。

「人数的に不利やでバット使わしてもらうわ」

高校生は黒いケースからバットを取り出して、ブンブンと振りはじめた。

「あっぶねー、狭いでバット傷つけるとこやったわ」

「おめー、中京か」不良が慎重な口ぶりで聞いた。

「そうや。泣く子も黙る中京生や。お前らも黙らしたろか」

中京生がグリップを握り直してバットを構える。左足を引きつけてから、ブンッと胸元すれすれにスイングして、不良たちをのけ反らした。

「退《ど》かねぇと、次はぶちかますぞ」中京生が、またバットを構えた。

「お前、野球部か？」不良がおそるおそる聞いた。

「バッティングセンター好きの帰宅部だよ。早く金返してやらねえと、本気で頭かち割るぞ」

グリップエンドで不良たちを小突き、あごで〝返せ〟とやる。不良たちが強がりながら、ポケットから金を取り出した。

「ほらよ」

札を投げ捨てた不良の尻を中京生が一蹴した。

「痛ててっ」

「金を粗末にすんじゃねぇ、拾ってコイツに返さんかい」

不良は金を拾いアベちゃんに渡すと、そそくさとその場から退散した。負け惜しみのガンを飛ばしながら。

「これからは大金持って歩かねぇほうがいいぞ、マジメくん」

そう言って、中京生はその場から立ち去った。背中越しに「あいつら戻って来るかもしれんで気をつけろよ」と忠告を残して。

それがアベちゃんと中京野球部の、野球部員との出会いだった。アベちゃんは名前を聞かなかったことを悔やみ、会って礼を言おうと決めた。

それ以来、アベちゃんは中京野球部の試合を観に行くようになり、助けられた中京生を探したが会うことはできなかった。諦めきれないアベちゃんは、ベンチを覗き込んだり、整列する選手を眺めたり、下校時に校門で張っても再会は叶わず、何日もグラウンドへ通いつめたその日、ついにあの時の学生を発見した。練習着の胸に木村と書かれたその男は、大声を出しながらファウルグラウンドで球拾いをしていた。練習を終え引き上げてくる木村を見つけ、アベちゃんが声を掛けた。

「あのう」

木村が不思議そうな顔をした。

「先日はありがとうございました」

何かに気づいた木村は、帽子のツバに指をやると逃げるように駈けだした。部員たちがグラウンドからいなくなるのを見計らい、木村が駈け足で戻ってきた。

「あの時は恰好つけたけど、見ての通り二軍や」

そう言い残して、木村はまた駈け出して行った。向こうから手を振る木村に、アベちゃんは深々と頭を下げた。

アベちゃんは、それ以来、木村と中京野球部の大ファンになった。木村とは二度と会うことはなかったが、いつか野球部に恩返しをしたいと思うようになった。構えた店を中京高校の近くに移し、長年学生たちに料理を振る舞い続けているのはそのためだ。

「どうだ、ええ話やろ。ほんなら注文聞こか」

テーブルに着いて二十分以上が経過した。空腹の限界を感じながら、東たちがメニューに目を走らせる。

「チャーハンと餃子でええやろ。おかわり自由で値段は壁に貼ったるとおりや」

はじめて入店したアベちゃんの店で、東たちはたらふく食った。もう食えないと断っても、アベちゃんが次々と餃子を焼いて運んできた。

「応援団は体力つけけんとな。夏の甲子園は決勝まで行ってもらわないかんで」

団員たちは、食べきれないほどの餃子を掻き込みながら、アベちゃんの夢に自分たちの夢を重ねた。ひとり五百円。壁には油で汚れた〝中京生特割〟の貼り紙があった。

目つきの悪い新入生が多いのは今年も同じだ。細い眉を持ち上げ威嚇する視線が校内を飛び交う。横列になって歩く三人組が、キングギドラのように方々にガンを切る。それを仁王立ちで撥ね返す角刈りは、さしずめゴジラか。不良たちの誰もが、この学校で一旗あげようと鼻息を荒くする。

「今年も気合いの入った奴がおるなぁ。さて、どいつを勧誘しようかな」

竹下が新入生を品定めするように見渡した。

毎年、応援団には半強制的に入団させられる者がいる。東もそうだった。犬塚からいきなりプラカードを持たされ、あれこれからかわれるうちに判を捺させられた。厳しい練習と奴隷制度のような上下関係に耐えられず、夏が終わる頃には一年団員は三分の一ほどになった。退団した者は負け犬のレッテルを貼られ、団員たちの冷たい目に晒された。それに耐えられず退学する者も珍しくない。団員を保持しつづけるのは至難の業だ。

ところが予想に反して、勧誘に手を焼くこともなく入団希望者が集まり、団員たちは顔をほころばせた。おそらく野中効果だろう。野中の甲子園での活躍は鮮烈で、とりわけ通算百勝を上げた試合は全国的なニュースとなった。テレビ中継ではたびたび応援団の勇姿が映され、実況がひたむきにエールを送る姿をドラマチックに語った。三十人の入団希望者は創部史上はじめてのことで、部室に入れず、入団手続きは急遽屋上で行われることになった。

団長の竹下が挨拶し、幹部を紹介する。団長、副団長兼親衛隊隊長、統制部長、鼓手、親衛隊副隊長と、三年生部員が役職を務め、東は主務を任された。二年生で幹部入りするのは異例のことだ。

例年なら、すぐさま応援団の活動内容を説明するところだが、今年は入団希望者に自己紹介をさせることにした。戸惑う新入生たちが一列に並ばされ、順に志望動機を言わされた。

「男を磨くためです」「根性をつけるためです」「中京魂を身につけるためです」軍隊にでも入隊するかのような言葉が並ぶ。ズボンは示し合わせたようにボンタンだ。真っさらの学ラン、額に青い剃り込みの入ったニキビ面が頰を紅潮させる。ひときわ背の小さい男が、袴のようなボンタンを引きずりながら腰で手を組んだ。

「押忍、自分は城之内信之と申します。自分の目標は応援団長になることです。今年の目標は、甲子園に行って、野中にエールを振ることです、押忍」

「こらっ、野中とは何だ。貴様の先輩で、わが中京野球部のエースだぞ」

注意役の二年、上野が罵声を浴びせた。

「すいませんでした」城之内が何度も頭を下げ、周りの一年生が萎縮する。

「〝すいませんでした〟だと? ここでは〝申しわけありませんでした〟や」

小声になる城之内の横で、一年生たちが視線を落とす。

「いきなり手荒なことはやめとけよ」

竹下が上野に目配せする。〝ゴールデンウィークが明けるまではお客さん〟と部室で話したばかりだ。上野が視線で〝押忍〟と返した。

「今日のところは許してやる」

城之内がほっと息を吐く。周囲は緊張したままだ。

「城之内、こっち来てみろ」

竹下がフェンスに呼び寄せた。

「押忍」城之内が名前を呼ばれて嬉しそうに駈け寄った。上野が新入部員たちをフェンスに集めた。

「野球部の声が聞こえるやろ。ここまで聞こえるってことは、よほどデカい声を出しとるってことや。応援団はここから野球部に声を返してやるんや。屋上からグラウンドに声を届けるには、野球部の倍の声を出さんと聞こえんぞ」

新入生たちがグラウンドに目をやる。どの表情も輝いている。

「あいつらを甲子園に行かせるために応援するんや。どんな試合でも、一方的に負けていたとしても、俺たちは勝利を信じてエールを振る。それが中京応援団や」

竹下が芝居がかったような台詞を吐く。吉村もそうだった。応援団長はナルシストでロマンチストじゃないと務まらないのかもしれない。〝俺も団長向きだな〟。次期団長候補の東が自己分析し、竹下を身近に感じた。

城之内が涙をためている。竹下に話しかけてもらい感激しているのだろう。

「自分は、竹下さんみたいな応援団長になりたいです」

まだ判も捺していない城之内が、いきなり団長への出馬を表明する。先輩団員は手を叩いて笑い、入団希望者は怪訝な顔をした。

「団長になりたいたら、まずこの一年間を耐えろ」

上野の言葉に空気が引き締まる。

「その前に、竹下さんじゃなくて、竹下先輩や。罰として腕立て百回」

上野が、仮入団では御法度とされるシゴキを命じ檄をとばす。

「野中にエール振りたいんやろ」

「押忍」

「グラウンドの野球部まで聞こえる声で、数えてみぃ」

「押忍、一、二……」

大声で数える城之内に、団員候補たちが声を揃える。やがてひとり、またひとりと腕立てをはじめ、二十回を数える頃には全員が城之内と並んで腕立て伏せを行った。

上野が一年生に交じって腕立て伏せをはじめると、へばっていた団員候補たちの尻が持ち上がった。突然、竹下が団員を整列させエールを振った。

「フレーフレー、中京」

野球部だけではなく、応援団もまた新たな歴史を刻もうとしている。


甲子園での活躍で、野中は一躍脚光を浴びる存在となった。OBか熱心な中京ファンしか練習を見に来なかったグラウンドには、リトルリーグの少年や女子中高生の姿が目立つようになり、近隣住民もつめかけて、地域全体が盛り上がった。

野中がブルペンに向かうとファンの視線を独占した。間近で見る投球に、黄色い歓声が響き、小学生が感嘆の声を上げる。突然の野中フィーバーに困惑する選手もいた。

アンチビはことあるごとに野球部に起こった出来事を教えてくれる。頼んでもいないのに、あれこれ細かいことまで、時にはジェスチャーを交えながら。

「ファンの人垣ができるようになると、監督の野中に対する指導が厳しくなってな。女の子のファンの前でも遠慮なく叱るんや。〝膝、タイミング、肩が開く〟って、言われすぎて気の毒になることもある。野中はスターなんやでさ」

「馬鹿やな、スターやで気を引き締めさせようとしとるんやろ」

「そっか」

「そんなこともわからんと、よう野球やっとるな」

「俺は馬鹿やで。野球も中途半端やけど」

そう言って頭を掻くアンチビを、東は馬鹿だと思ってはいない。入学時に「中京でレギュラーを獲る」と豪語したときは、本気で馬鹿だと思ったが、少なくとも血を吐くような野球部の練習に一年間耐えてきたことは事実だ。レギュラー獲得だって諦めてはいない。中京でレギュラーなんてと、早々に野球を諦めた自分とは比較にならないほど根性が入っている。野球への情熱も人一倍で、ひょっとしたら、こいつは本当にレギュラーを獲れるんじゃないかと思えてくる。そうなったら、俺はこいつに嫉妬するのだろうかと、余計な心配をした。

「野中が女の子にファンレターをもらったんや。それを見とったおじいさんが、〝ベスト4でもファンレターもらえるんやな〟って、嫌味を言っとった」

アンチビが女役まで演じてみせる。坊主頭なだけに余計に気持ち悪い。

「〝ああいう人がチームを育ててくれるんや〟って、監督が言っとったけど、野中が〝育ててもらう前に、誰にも文句言わせんようになったる〟って息巻いとった」

またしてもカッコつけやがって。野中への羨望を悟られまいと、「ふぅん」と鼻で流した。

四月半ばになり、一年団員の学ラン姿もさまになってきた頃、竹下が幹部を呼び寄せた。二年からは東と上野が参加し、七人が顔を揃えた。緊急の呼び出しに、面々が何ごとかと顔を見合わせる。部室には入室禁止の札が掛けられた。

「今日、集まってもらったのはほかでもない。本年度から応援団の指導方針を変えたいと思っている」

副団長兼親衛隊隊長の長瀬が、聞いてないぞという顔をする。他の三年幹部たちも困惑顔だ。竹下が腹を決めた顔で言った。

「我々は伝統ある中京応援団五十八代幹部として、今後のために変革をしなければならないことがある。そのために集まってもらった」

かしこまった口調に幹部たちがざわつく。立場上、東と上野は無言を貫いた。

「前ふりはいいから本題に入れよ」長瀬が竹下を急かした。

「単刀直入に言う。これより一年生への理不尽なシゴキを廃止したい」

〝またそれか〟という顔が並ぶ。呆れ声も聞こえた。

「去年、吉村先輩も同じこと言ってたよな。だけど結局そうはいかんかった。中学を出たての不良たちに厳しさを叩き込むには言葉だけじゃ足りねえんだよ」

長瀬が吐き捨てるように言う。

「それを理由にこれまで通りの指導法を続けることは良策とは思えない。出来なかったのは、本気でやろうとしなかったからだ」

竹下の言葉に三年生幹部が押し黙る中、長瀬だけが反論する。

「俺は反対だ。そんなことをしたら一年が調子にのって上下関係を軽んじる」

「圧力で封じ込めるだけでは意味がないと思わんか」

「圧力に負けない根性を持つやつだけが厳しい練習に耐えられるんや」

「逆らわない一年生に拳を振り上げるのはどうかと言ってるんだ」

「そういう時期も必要なんだよ」

竹下と長瀬、両者が一歩も譲らない。長瀬が他の幹部に睨みをきかせた。

東は常々思っていた。自分たちが受けてきた理不尽なシゴキを、新一年生にも与えるべきか。それとも、指導体制を変えるべきか。伝統校には体罰やシゴキを一切禁止した応援団もあると聞く。恐怖心を与え下級生を制圧することで、団の結束を生むことができるのか。一年生は鉄拳制裁を回避するためだけに上級生に従うのではないか。さまざまな疑問が頭を過る。いつのまにこれほど応援団にのめり込んでしまったのだろうと、自らを俯瞰しながら。

「直接指導する二年生に聞きたい。東はどう思う？」竹下が東に意見を求めた。

「押忍、自分も指導方法の見直しは必要だと思っていました」

東が毅然と答える。長瀬が「はぁ」と眉を顰めた。

「上野は」

「押忍、自分も東と同じ意見です」

「ふざけんな」長瀬が立ち上がり、東と上野の前に立った。

「押忍」東と上野が腰で腕を組んだ。

「良い子になろうとしてんじゃねぇぞ」

東らに凄む長瀬を竹下が制する。長瀬が竹下の手を払った。

「東、俺が納得できるように説明してみろ」

目を剝く長瀬に息を呑む。上級生に意見することは御法度だ。長瀬の目がみるみる血走っていく。

「押忍。応援団には体罰やシゴキというイメージがついています。実際に、自分が経験した一年間もそうであり、苦しく辛い思いがありました」

「そんなことは俺たちも同じだよ」

長瀬が荒々しく返した。

「押忍。多くの新入部員が入ったことを機に、指導方法を改めることに賛成です」

敢えて長瀬の目を見て言った。

「伝統を変えるということが、どういうことか分かっとるんやろうな」

「押忍、一年生の指導は自分たちにおまかせいただけませんか。それが間違っているというのであれば、自分たちが制裁を受けます。それでよろしいでしょうか」

一年団員の指導にあたるのは、二年である。三年は二年の指導を監督し、直接指導を施すのはエールの振りやフォーメーションだけだ。挨拶、準備、練習態度、迅速な移動、掃除に至るまで、すべて二年が徹底指導し、夏の予選までに中京魂を叩き込むのが伝統だ。

幹部たちには、自分たちの代で余計なことはしたくないという表情が窺える。このまま竹下の理想を貫けばOBたちから何を言われるか分からない。一年団員の態度が悪ければ二年の指導不足というだけではすまされず、監督責任として三年団員にも制裁が加えられることもありえるからだ。

「苦痛を伴わない練習に成長などない。きれいごとを言うな」

長瀬が東を睨み返す。これ以上意見を言うことは、上級生への反抗に値する。『先輩の意見は絶対である』、それが部訓だ。成り行きを見守っていた竹下が冷静にふたりを分ける。長瀬が視線を竹下に移した。

「そういう話ができてたのか？」長瀬が疑いの眼で竹下を見る。

「どういう意味だ」

「ふたりして良い子になろうとしやがって」

「ふざけんな」

「ふざけてねぇよ。最上級生になってまでＯＢにヤキ入れられるのはご免だって言ってんだよ」

「それは本音か？」

「ああそうだ」

竹下と長瀬が睨み合う。

「わかったよ。じゃ、お前らにどれぐらいの覚悟があるか試してやる」

長瀬が東と上野に正座を命じた。虚をつかれた竹下が口をつぐむ。幹部たちが固唾を呑んだ。

口を結び膝を折る東に上野が続く。

「言っておくが、お前らふたりだけじゃないからな。あとから二年全員呼び出して、同じ覚悟かどうか試す。それが連帯責任というやつだ」

東が長瀬を睨み返す。竹下は微動だにしない。

「東っ」

「押忍」

「お前らの学年だけ殴られ損で後悔するぞ」

「押忍、損だとは思いません」

「口答えするんじゃねー」

「押忍、自分たちの指導が行き届かなければ、一年団員の前で鍛え直していただいても構いません」

「望み通りそうしてやるよ」

怒鳴りながら長瀬が右足を振りかざす。東が目を閉じる。上野は肩をすくめ、幹部たちは眉を顰めた。

長瀬の蹴りが、東の顔面寸前で止まった。

「なに睨んでんだよ」

半笑いで見下ろす長瀬を東が睨み返した。静まり返る部室に、東の鼻息だけが聞こえる。

「認めてやるよ」

長瀬がニヤリとした。東は長瀬を睨んだままだ。

「そろそろ下らねぇヤキも、いい頃かなって思ってたとこだ」

張りつめていた空気がふっと緩む。周囲が一斉にため息を吐いた。

何かが変わろうとしている。殴られ、蹴られるのは自分たちの代で終わりだ。中には損得勘定をする者がいるかもしれない。東は胸に問いかけた。自分たちがされたことを一年団員に強いることは正義か？　暴力は服従させるための道具にすぎない。それを強行すれば、下級生は後輩ではなく、手下だ。自分は男を下げるために応援団に入ったわけじゃない。誰もがそう思っているはずだ。

「おっと、出番を奪っちまったな。わりいわりい」長瀬が照れ隠しするように竹下に笑いかけた。

「まったくだ」竹下が鼻から息を抜いた。

竹下に促されて立ち上がった東と上野が、腰で腕を組んだ。

「ズボンが汚れてんだろ」

長瀬が、あごで言う。ズボンを払い、姿勢を正した東の正面に長瀬が立った。

「腹に力入れろ」

「うっ」

長瀬が東の腹を正拳突きした。たまらず東が顔を歪める。

「気合いのエールだ、しっかりやれよ」

皮肉っぽく笑う長瀬に、竹下が小さくうなずいた。

ひりひりした痛みの中にある確かなものを、東はひしと感じていた。

ボンボン

春季野球愛知大会。甲子園の勢いのまま順当に勝ち進むと思われた中京に、予想外の展開が待っていた。初戦から格下相手にちぐはぐな野球で攻め手を欠き、守備では凡ミスを重ね二回戦で敗退したのだ。夏の甲子園を占う上で大きな意味を持つ春季大会で、強豪校と対戦することなく中京は姿を消した。応援団員が授業で駆けつけることができない平日の二回戦、中京ナインは、閑散としたグラウンドで、相手チームの校歌を聞いた。

アンチビによれば、帰りのバスの中で杉浦の怒りが爆発したという。

「マウンドを蹴るとは何事だ」杉浦は野中の投球内容には触れず、マウンド態度だけを叱責した。

「それでも背番号1か」と追い打ちをかけて。

その後、練習試合では、紀藤がマウンドに立つことが増え、野中の投球練習には、岡田以外の捕手がマスクをかぶることが多くなった。

新緑の頃になると、親善試合が多く組まれる。強豪校の中京は県外からのオファーも多く招待チームとして参加する。毎週土日にはダブルヘッダーを行い、並みいる強豪校と対戦しチーム力をつけるのだ。遠征試合も多く、ほぼ無休の野球部にとって、下校時の飲食店通いが部員たちの安らぎの場となった。

その日、居残り練習をした野中は、他の部員よりも遅くまでグラウンドに残り、後片付けをすると『安部飯店』の暖簾をくぐった。

「もう出す品がなくなっちまったぞ」悪態をつく店主のアベちゃんに、「何でもいいから」と野中が拝む。この店には、半永久的にチャーハンと餃子はストックしてあるのだ。春季大会の敗戦以来、なかなか調子の上がらない野中に、アベちゃんが遠慮なしに言う。

「このままじゃ紀藤にエースナンバー取られてまうぞ」

笑って受け流すが、野中の顔はぎこちない。ライバル紀藤は対外試合で好投を続けている。28イニングで自責点3の野中には及ばないが、調子次第で先発を譲ることもありえるだろう。そう思うと、野中は全体練習が終わっても投げ込まずにはいられなかった。

テレビから賑やかな歌番組が流れている。司会のマチャアキが茶化しアイドルが黄色い声をあげた。会場に笑いが起きる。曲紹介をされ、松田聖子がさっきまで崩れっぱなしだった顔を切なくして『赤いスイートピー』を歌い出す。野中が気のない顔で、テレビを眺めていた。

「こいつはすげぇよな。曲が鳴り出したら急にプロの顔になりやがる」

感心するアベちゃんに、野中が「へぇ」と生返事をした。

「ひょっとしたら美空ひばりを超えるかもしれんな」ひと呼吸おいて、「美空ひばりは知らんか。山口百恵なら知っとるやろ。〞ちょっと待って、プレイバックプレイバック〟」嬉しそうにアベちゃんが口ずさんだ。

どうでもいい話に野中が相槌を打つ。野中は河合奈保子派だ。

アベちゃんが店先の電気を消そうとすると、東が暖簾をくぐった。

「食うもんは何にもねぇぞ」入店を躊躇する東をアベちゃんが手招いた。

「まぁ入れ。奇跡的にチャーハンと餃子が残っとる」

「よぉ」先客の野中が声をかけると、「そこいいか」と東が向かいに座る。ふたりが高校と野球場以外で会ったのは、寺の掃き掃除のときだけだ。

「今まで練習か？」

「あぁ。お前もか」

「まぁな」

知り合いではあるが、ともだちと呼ぶにはまだ早い。間がもたずふたりが棚の上のテレビに目をやる。お気楽なアイドルの歌が右から左へ通り抜けていく。

「お待ちどうさん。時間外料金もらうでな」

ぎこちない間を埋めるように、特盛りチャーハンと大皿に盛られた餃子が並べられた。洗い物を少なくするためか、餃子は同じ皿をつつけということらしい。大量に焼きすぎたのか、焦げ目がつかず水餃子みたいになっている。野中がチャーハンに手をつけず、ハイペースで餃子をつまんだ。割カン負けしてたまるかとばかりに、東も餃子を掻き込んだ。競うように餃子を胃袋に押し込むふたり。

「おかわりあるから心配するな」アベちゃんが笑いながら中華鍋をカンカンと鳴らした。

食べ急いだ野中が、喉につまらせ水を飲む。

「早食い競争じゃないんだから」東が野中を揶揄した。

「育ちが悪いもんで」

「俺はボンボンだ」

「へぇー、初耳や」

ふたりが大盛りチャーハンを完食する頃に、こんがり焼き色のついた餃子が運ばれた。

「餃子を焼くのは二人前までだな。それ以上だと熱が逃げちまって焦げ色がつかねぇ。普通の客だったら文句言われてまう」

アベちゃんがふたりに割って入る。おもむろに煙草を取り出してマッチで火を点けた。

「やれやれ、終わった終わった」

一日の疲れを吐き出すように紫煙を巻き上げた。野中が煙たそうな顔をすると、アベちゃんがくわえ煙草で外に出た。

「食った食った」野中が踏ん反りかえって腹をさする。

「あー、一服してぇ」東がボタンを外して足を投げ出した。「お前は吸わんのか?」

「吸わん」

「意外と真面目なんやな。中学までは、喧嘩で相当鳴らしてたらしいじゃん」

「俺から暁《けしか》けたことはねぇよ。そもそもツッパることに興味がねぇ。売られたら二度とやる気を失くさせるためにボコボコにしただけや」

「野中はドス持ってるって噂聞いたことあるぞ」

「デマだよ。相手のドス奪っただけや」

「マジか？」

野中が右の手のひらを見せた。生命線に沿ってケロイド状の傷がある。

「中学の時に、地元で愚連隊にからまれてよ。金だせってドス向けられたから、奪い取ってチョーパン入れてやった。八針縫ったけどな。全国大会の後でよかったわ」

東が目を丸くする。武勇伝を探したところで到底太刀打ちできない。素手で五人を伸したことはあるが、ドスを見せられて逃げ出したことがある。それにしても利き腕の右手でドスを掴むなんて気が狂っている。こいつは本物の化け物か。

〝ガチャン〟、アベちゃんが乱暴に扉を閉め床で煙草をもみ消した。

「それは本当か？」

野中がしまったという顔をする。アベちゃんが足音で怒りを露にした。テーブルを叩き「もう一回言ってみろ」と野中を睨みつける。熱狂的な中京ファンのアベちゃんにとっては聞き捨てならない話だ。

野中が顔をしかめる。つい口が滑ってしまったという顔だ。

「手ぇ見せてみい」アベちゃんが力まかせに野中の手を開いた。「たわけか、お前は」怒りの収まらないアベちゃんが、拝むように手のひらを包み込む。

「この手にはな、お前だけの夢がかかってるんじゃねぇんだぞ。中京ファンや地元の人たちの夢もかかっとるんや。そんなことも知らんと、お前はなにやっとるんじゃ」

アベちゃんが、野中の頭をひっぱたいた。野中の目が一瞬、マジになる。

「だから、中学ん時だって言っとるやろ」

「そんなことはわかっとる」涙声になるアベちゃんに、野中の目から怒りが消えていく。

「わかりましたから」野中がそっと手を戻そうとした。

「木村さんは立派な人やったぞ。不良たちから体を張って俺を助けてくれた。それでもレギュラーにはなれなんだ。もしレギュラーになっとったら助けてもらえんかったかもしれん。怪我したら元も子もないでな。お前はなんや。中京から誘ってもらったのにつまらん喧嘩して。そこがお前のあかんとこや」

興奮してまなじりから滴が落ちる。中京愛を溢れさせるアベちゃんに、野中はうつむくしか術がない。アベちゃんがもういちど野中の手を包んだ。

「すみませんでした。今は大丈夫ですから」

祈るように野中の右手を揉むアベちゃんを、東はただ見守るしかない。

「罰として皿洗いや。東もな」

展開を打破するにはそれ以外なかったのだろう。アベちゃんの無茶振りに、野中が即座に皿を片付け、東はふきんでテーブルを拭いた。

「洗剤は右、汚れ物のひどいのは黄色いスポンジ。金だわしはフライパンが傷むから使うな。皿はしばらく浸け置きしてからお湯で洗え。キュキュキュッていうまできれいに拭き取れよ」

意外な展開に、文句も言えないまま皿洗いをすることになったが、それはそれで良かった。気まずそうに皿を洗うエースと目が合い、これまでとは違う距離の近さを感じた。

「ちゃんと洗わねえと出入り禁止やぞ」

乱暴な言葉とは逆に、アベちゃんが嬉しそうに鼻歌を歌った。


京子から電話があったのは、夏の甲子園予選直前。急用があるからと、地元の喫茶店に呼び出された。東はまたしても遅刻し、京子にうるさく言われるだろうと、面倒くさそうに扉を開けた。カランと言う音に京子が振り返る。

「ごめん、呼び出して」

金切り声をあげられると思っていただけに、東は拍子抜けした。テーブルには飲みかけのアイスコーヒーと、封を切ったピーナッツ。テーブルの水滴が待ち時間を物語っていた。

「待たせてごめん」とりあえず東が詫びると、「いいのいいの」とまた拍子抜けさせられる。いやな予感がする。お嬢様学校に入って性格が急変したのか。

京子がナプキンでテーブルを拭いた。グラスを持ち上げて丁寧に。

「京子ちゃん、やるからいいよ」気遣うマスターに、「えっと、アイスコーヒーふたつね」東に聞きもせずに京子が注文した。

「じゃ本題。あ、やっぱアイスきてからにしようか」

落ち着きのない京子を東が見入る。「あっついあっつい」と京子が手をパタパタさせた。汗をかいているのは東の方だ。これでも急いで帰って来たのだ。

「京子ちゃん今日は飲むね。三杯目だよ」

京子が、〝言わないでよ〟という顔をする。四十分待たせた間に二杯飲んだのか。いよいよ本題というやつが気になってきた。

「アズマは最近どうなの？」

京子が唐突に聞く。なにがどうなのか、気にせず東がアイスコーヒーを一気飲みする。ストローがズズズと鳴った。何も答えない東を問いつめもせず、京子が姿勢を整えた。

「じゃ本題。今度、うちの学校の文化祭があって、彼氏連れじゃないとカッコわるくて……だから、ちょっとアレなんだけど、アズマ、一緒に行ってくれない？」

京子がぶつ切りの言葉をつなぐ。こんな京子ははじめてだ。ストローをくわえたまま東が京子を見た。

「なによ、その目」京子がプンとした顔をする。

「なんで俺？」

「なんでって、それは、ともだちだからでしょ」

「でしょって、聞いとるのは俺の方」

「だから、幼なじみだし」歯切れの悪い言葉が続く。

「俺なんかだとマズいんじゃねぇの。パンチだし、長ランだし」

「日曜だから私服だよ」

「ニュートラだぞ」

「いいの、それで」

「お嬢さん学校に、ニュートラパンチはなしだろ」

「学校の子たちから、〝京子さんは別次元〟って思われてるから平気。みんなサーファーとかトラッドっぽい男子連れて来るから。毎日、〝姐さん、姐さん〟って言われるのがうっとーしーから、本気で姐さんぽいところ見せて、どん引きさせてやろうと思って」

「どん引きとはずいぶんだな」

「まぁ聞いてよ」

入学以来、お嬢様学校で異端児的な京子は、同級生たちからもてはやされている。涼しい目元の端正な顔だちが不良漫画のヒロインみたいで、お嬢様たちの琴線をくすぐるのだ。言うなれば女子が宝塚の男役に憧れるようなものである。

二年生になった今では、京子のファンクラブもあるという。誰とも群れない京子は、いつしかクールビューティーと呼ばれ、バレンタインデーには数えきれないほどチョコレートをもらった。京子を『姐さん』と呼べるのは、ファンの中でも優位性がある者だけ。抜けがけして京子に横浜銀蝿のコンサートチケットを渡した同級生はファンクラブを追放された。そもそも京子は銀蝿には興味がない。オフコースのファンであることはもちろん誰にも言っていない。

女子校独特のべたべたしたじゃれ合いや陰険さが嫌いで、いつも単独行動しているだけなのに、それを美化され、いよいよ京子は具合が悪くなってきた。そこで東に一役買ってもらい、うざいファンクラブを退治するという算段だ。

「それで俺か」

「うちの学校とかも見てほしいし」

「とってつけたように言うな。なんで俺がお前のとりまきを一掃するために付き合わなあかんのや。そんなくだらねぇことで呼び出すな」

「くだらないとは何よ、いいじゃないい付き合ってくれたって」

「くだらんからくだらんって言っとるんや。付き合っとるフリして、そんな芝居がかったことできるかよ」

「芝居じゃなかったらいいわけ？」

「はぁ？」

東が呆れ顔で聞き返す。京子が鼻にシワを寄せた。

「とにかく無理や。甲子園予選があるんやぞ。そんな暇ねぇ」

「けち。日曜は練習ないって言っとったやん」

「応援団員にとって今が一番大事な時期なんや。そうや、甲子園予選観に来たらどうや。野中が投げる日に呼んだるわ。すごい球投げるで観に来いよ」

「また野中くんか」京子が息を吐いた。「もういいよ。悪かったね、忙しいのに呼び出して」京子が無造作にレシートを取る。

「帰るの？」奥からマスターが聞いた。

「うん」

「コーヒーチケット切っとくね」

「お願いします」京子が東と目も合わせず店を出る。扉が閉まる間際に「応援頑張ってね」と残して。

「なんだよ、わけわかんねぇ」東がバツが悪そうに言う。

「いいの？　京子ちゃん」マスターが思わせぶりに言った。

「何が？」

「別にいいんだけど、きっと東くんに来てほしかったんだよ」

「大体、うざい連中をどん引きさせるためって、ふざけてるでしょ」

「それだけじゃないんじゃないの」

「どういう意味？」

「いや、なんでもないよ」

マスターが東のグラスを片付ける。東が手持ち無沙汰になり伸びをした。

「一杯ごちそうするよ。ホットでいい？」

挽きたてのコーヒーの匂いを吸い込んだ。苦くて甘い香り。東がコーヒーを飲めるようになったのは京子のおかげだ。中学生の頃、京子と喫茶店に入って、甘いものを注文するのが恥ずかしくて、強がりでホットを頼んだ。砂糖もフレッシュも入れずに飲んだらとても苦かった。京子にはバレなかったと思うが、それ以来、東はしばらくコーヒーが飲めなくなった。

「そういえば東くん、コーヒー飲めるようになったんだね」

その喫茶店が、ここだ。マスターにはバレていたようだ。

「コーヒーって人間関係のようだね。苦いんだけどやめられなくなる。そのうち甘みも感じるようになるしさ」

大人っぽい響きが耳をくすぐる。なんとなく意味がわかった。それから東は、中京野球部のことをとめどなく話した。『安部飯店』のアベちゃんのことも織り交ぜながら。最後は野中の話を捲し立ていた。身振り手振りを交え、ピッチングフォームを真似をして。マスターが苦み混じりの笑顔で聞いていた。

甲子園予選を順当に勝ち進んだ中京は、準決勝に進出する。準々決勝を6対1で完投した野中は、その日も先発のマウンドを任された。これまで五試合すべてに先発し三完投、与四死球五の数字が安定感を物語る。紀藤に譲ったマウンドは、ほぼ勝利を確定した試合後半のみ。連打を許さない幅のある投球、要所を抑える勝負強さもそうだが、得点圏に進塁を許した場面で、守備陣を信頼し打たせて取るピッチングができるようになったことが著しい成長だ。肩に疲労がない紀藤が最後を締め勝利の方程式ができた中京は、試合を重ねるごとに仕上がりの良さを見せていた。

準決勝を前に、野中が東を『安部飯店』に誘った。と言っても、ふたりはほぼ毎日通っている。甲子園予選の時期は、アベちゃんが「毎日来い」と言ったのだ。

野球部のためになにか力になれることはないかと考えていたアベちゃんが、急遽ひとり暮らしの選手たちの栄養士を買って出たのである。そのために管理栄養士の資格を取り、休業日には自費で勉強会に参加した。アベちゃんの中京愛は、筋金入りに「超」がいくつもついている。

「東も食べるか、野菜炒め。茹で鶏のオニオンソースも美味いぞ」

「俺はチャーハン餃子でいいですよ」

「おんなじもんばっか食ってると栄養が偏るぞ。ちゃんと野菜も食え」

この前までは炭水化物祭りみたいなメニューばかり食わせてたくせに。大盛りチャーハンとラーメン餃子って、相撲部じゃないんだから。東が心でからかう。

「好きなもん食わしてくれねぇんだよ。チャーハンなんか、具材変えられてまったんやから。餃子もやたらキャベツが多くて、超野菜攻め。ラーメンは禁止やし」野中が東に愚痴る。

「文句言う前に甲子園決めろ。そしたらたらふくラーメン食わしてやる」

聞こえよがしにアベちゃんが反論する。あんかけの野菜炒めを、東の分も取り分けた。野菜嫌いのふたりは気乗りしない顔だ。

「見てみろ。これが通常の餃子で、こっちが野球部に出す餃子や。野菜がいっぱい入っとるやろ。味も折り紙付きや」

タッパーを並べて力説するアベちゃんに野中がうなだれる。

ふたりはアベちゃんの店で会うたびに、いろんな話をした。中学時代の愚行や、付き合った女の話、とりわけ武勇伝となると白熱し、よく高校に進学できたものだとからかい合った。危なすぎる話はアベちゃんの店ではせずに帰り道で盛り上がった。野中はアベちゃんを泣かせた前科がある。今度泣かせたら出入り禁止になりそうだ。

以前、東が自分のことを『ボンボン』と言ったことが気になっていた野中が、あらためて聞き質した。東は、「そんなこと言ったっけ」ととぼけたが、野中が食い下がった。

話は野中から切り出した。

野中は、幼い頃に両親が離婚してから祖父母と暮らし、時を待たずして祖父母が亡くなり、兄と二人暮らしを強いられた。朝ご飯をつくっておかないと、いつも兄貴に殴られたこと。林間学校や遠足のときに、担任がおむすびを握って持って来てくれたこと。キャンプファイヤーで着る体操服を、先生たちがカンパして買ってくれたこと。六年生で親戚に引き取られてトタン屋根の部屋で暮らしたこと。五年生から新聞配達と牛乳配達を二年間続けたこと。アルバイト料で、体操服代を返そうとしたら、先生が泣きながら「受け取れない」と言ったこと。授業中に寝てしまった野中に、「野中はアルバイトが忙しいから許してやってくれ」と担任がクラスメイトに言ったという話は、同級生から聞いた。

「こういう話をしたのははじめてや」

嬉しいような辛いような、東が複雑な思いにかられる。次は、自分のことを語るのかと、気が重くなった。アベちゃんが調理場で目を潤ませている。

「俺、ボンボンって言ったけど、じつはワケありなボンボンで」

「妾の子か?」すかさずアベちゃんが口を挟んだ。

「ううん、そうやなくて……うち、ヤクザなんや」

「うそ」野中とアベちゃんが口を揃えた。

「うそじゃない。東興業株式会社、社員というか、組員が三十人」

東が水を一気飲みする。野中が座り直し、アベちゃんは流しの水を止めた。

東が他人に家がヤクザであることを話したのははじめてだ。地元の連中は知っているが、自分から話したことはない。中京に入ってからも誰にも話さず、この先も話す気などなかった。不良で名を挙げようとしていた自分が、「ヤクザ」という言葉を口にするのは卑怯だと思ったのだ。話そうと決めたのは、野中が荒んだ過去を包み隠さず話してくれたからで、自分の身の上を話さないのは不公平だと思った。

東は父親の前科と服役期間、仕事の内容を詳細に話した。小さい頃に母親に嗾《けしか》けられて、いじめっ子の家まで押し掛けて殴り倒したことや、集団での大乱闘など、何から何まで話したくなった。不良話を少し大袈裟に言ったのは、野中への対抗心だ。

「小学校の頃、クリスマスプレゼントにプードルが欲しいって頼んだら、父親がミニゴリラとカラフルな色の鳥を連れて来たんや。貿易船のフィリピン人船員に頼んで腕時計と交換したらしい。そのゴリラが一年後に野生化して動物園に引き取ってもらったんやけど、他のゴリラと馴染めずいつも檻の中でぽつんとしとった。俺が、〝かわいそうや〟って泣いたら、父親に、〝もう来たらあかん〟って手を引かれて連れて帰られた。あれから二度とゴリラは飼わんと決めた」

笑いをとるつもりが静寂を誘った。ヤクザの話は人を緊張させるのかもしれない。

「好きな物は買ってもらえたし、外食も多かった。家に帰れば、坊ちゃん、お帰りなさいって、若い衆が出迎えてくれた。正真正銘ボンボンやろ？」

「継ぐんか」野中がそっと訊いた。

「継がん、ヤクザにはならん」

話のクライマックスが過ぎたとばかりに、アベちゃんが皿を洗いはじめた。

「中京に入ったのは父親に薦められたからで、目的があったわけやない。応援団にも進んで入部したわけやないし練習にも気が入らんかった。でも、だんだん面白くなってきたんや。人を応援することが。あのどでかい甲子園でエールを振ってからかな、本気でやってみたくなったのは」

野中を応援することが目標になったとは言わなかった。野球部に入りたかったが、怪物が入学するからやめたということも。

「ところでなんで俺を呼びだしたんや」東が思いだしたように訊いた。

「別に意味ねえけど、メシでも食おうと思って」と野中がとぼける。「俺の話も聞いてほしかったしな。野球部の奴らにはなんか言えん雰囲気があって。いつもハッパかけとるやろ。みっともない話できんっていうか。それと……」

コップを手にしたが、空だった。野中が冷水器に水を汲みにいく。

「お前は？」

「すまんな」

ふたりで一気に水を飲む。野中が続きを話しはじめた。

「俺はプロになるために甲子園に行く。ベスト4ぐらいで満足しとったらあかんのや。プロで活躍して名球会に入って、金を稼いでいい暮らしをするんや。甲子園はそのための通過点なんや。だから高校時代は、野球以外すべて我慢する」

「よう言った。それでこそ中京のエースや」

アベちゃんが興奮気味に割り込んだ。

「応援団の東と、私設応援団長の俺がおるで安心しろ」

東が相槌を打つ。自分の口からはとても言えないことをアベちゃんはサラリと言う。東はアベちゃんの言葉と、野中がはじめて見せた本音がうれしかった。

「今日の話は内緒やぞ」野中が真顔で言った。

「俺の話もな」東がアベちゃんを見た。

「わかっとる。誰にも言わん」

友情とは知らないうちにはじまっているものだ。異性との交際みたいに、どちらかが意思表示することもなく、気がつけば互いの存在を大切に感じている。〝ともだち〟と口にするようなふたりではないが、きっと互いのことを、そう感じはじめたのだろう。

東にとって、〝ともだち〟の野中は、約束通り甲子園出場を勝ち取った。決勝戦は八安打三失点、6対3での完投勝利。対戦校はホームランバッター藤王を擁する享栄高校。天才のバットを一安打に抑え、野中は二度目の甲子園に立ち、東は二度目のアルプスでエールを振る。

準決勝、広島商業戦

昭和五十七年夏の甲子園大会は、一回戦の関西戦を2対1、二回戦の佐世保工戦を3対0、三回戦の益田戦を5対0と勝利し三試合連続完投。うち二試合に完封勝利を収め、ベスト8が揃う頃には、野中は甲子園の主役に躍り出た。連続完投で報道陣に取り囲まれる野中が、チーム内で突出した存在になり、中京よりも野中個人の名前が新聞やニュースを賑わすことが多くなった。

勝ち上がるにつれ、全国紙のスポーツ記者が野中に張り付く。野中本人のコメントを取れないときにはチームメイトに取材がおよんだ。

監督の杉浦はチーム内の微かな異変を感じていた。野中への羨望により、チームがあらぬ方向へ傾きはじめていることを察知したのだ。杉浦は急遽ミーティングを行い、全員野球の重要性を伝えながら、選手間の信頼関係の大切さを説いた。

宿舎では全体ミーティングのあとに、バッテリー間でコミュニケーションをとることが決められている。これまでの三試合もそうだったように、試合前夜は対戦相手をシミュレーションしながら攻め方を練った。しかし益田戦前のウォーミングアップで、岡田は紀藤の球を受けていた。正捕手がエース以外の投手の球を捕るのは稀である。杉浦が岡田を呼び寄せた。

「どうして野中とキャッチボールをしないんだ」

「紀藤が腐らないようにしているんです。紀藤の存在も重要ですから」

「それならいい。うまくふたりを盛り上げてくれ」

スコアが物語るように、これまでの三試合、岡田のリードは冴えていた。終盤に疲れが出る野中を見越し、ゴロを打たせて球数を抑え、野中は三連続完投する。

勝利への執念が信頼関係を築き、チームはワンプレーごとに強くなる。ピンチを乗り越えたあとにチャンスがくるのはそのためだ。しかし、個々人の精神的な不安を修復することは難しい。選手間のわずかな歪みが、気づかぬうちに亀裂となりチームの和を乱すのだ。

試合前、控え捕手とのキャッチボールに気持ちを乗せることは、野中にとって困難だった。

準々決勝前夜、野中がたまらず口をついた。

「岡田さん、どうして自分とキャッチボールをしていただけないんですか」

「どういう意味だ」

「プレーボール前のウォーミングアップで先発投手の自分とキャッチボールしないのはおかしくないですか？」

「うぬぼれたことを言うな。ピッチャーはお前ひとりやないんやぞ。紀藤のコンディションも知っておくのが俺の役目や」

「でも先発ですよ。マウンドに上がる前ですよ。普通はウォーミングアップからキャッチボールするでしょ?」

「普通は?　するでしょ?　お前、誰にものを言っとるんだ。それが先輩に対する口のきき方か」

野中はそれ以上、言うのをやめた。言い争っても意味がないと、胸に言い聞かせて。

準々決勝当日、三月同様、朝の散歩で掃き掃除をした。寺の前には甲子園ファンが待っていた。並んで掃除をする東に、野中はふと弱気なことを言った。

「俺、今日の試合、先発外されるかもしれん」

「どういうことや?」

「昨日、岡田さんとやり合ったんや」

「先輩に逆らったんか」

「あぁ。野球部ではあってはならんことや」

野中の手が止まる。落ち込んでいるのが手に取るようにわかった。

「岡田さんは、お前の連投疲れを頭に入れて、紀藤の起用法を考えとるんやないか?」

「だとしても、エースはひとりで投げ切らなあかんと思っとる」

野中のエースとしての意地とプライドを垣間見る。東は、それ以上何も言えなかった。

野中を窺いながら、サイン帳を抱いてそわそわしている小学生に、東が、「こっちへおいで」と呼んだ。ペンを走らせる野中に、小学生が目を輝かせている。

「今日の試合も勝って絶対優勝してください」

嬉しそうに走って行く小学生を、野中が目で追っていた。

心配をよそに、野中は先発のマウンドを任された。準々決勝対津久見戦。強打を誇る九州の雄である。野中はピッチング練習をノーサインで投げた。仲違いのまま試合に臨もうとしたのではない。これまで通り息の合った投球ができるかを確認したかったのだ。その意図を岡田も汲んだ。

杉浦がふたりをじっと見つめる。審判がホームプレートを掃き両校が整列して向き合った。岡田がミットで口を覆い、野中がミットに耳を寄せた。笑顔はないが滾《たぎ》るような眼差しがあった。試合開始のサイレンが鳴り響いた。

先頭打者への初球は、真ん中から外角に落ちるカーブ。右打者が逃げて行くボールを追っつけきれずにぼてぼてのファーストゴロで1アウトを取る。続く打者も外角へのカーブとスライダーで難なく仕留める。三番打者は左打ちの好打者、これまで高打率のスラッガーが2ナッシングから四球連続でファウルチップを繰り返す。岡田のサイン通り、内角をつくカーブにタイミングを外し打球が高く撥ねた。

「野中っ」

岡田がマスクを外し、素早く野中に指示を出す。捕球動作に遅れた野中が素手でボールをキャッチし、体勢を崩しながら一塁へスローイングした。間一髪のタイミングで審判の右腕が上がった。

「アウト」

岡田がミットを叩き、野中のプレーを称える。野中が帽子に手をやりベンチへと戻ってきた。ふたりを見守っていたナインが笑顔でベンチに駆け込む。バッテリー間の問題は試合で取り戻す。杉浦は表情を崩さず、紀藤は野中の肩を叩いた。

二回からはいつも通りのリズムで岡田がリードする。曲がりのいいカーブとスライダーで打者を追い込み、低めのストレートを決め球にした。的を絞りきれない津久見打線が、直球に振り遅れて三振の山を築く。野中の奪三振ショーに中京応援団が沸き立った。

〝ドンドンドン〟

太鼓の音に合わせてスタンドが揺れる。十人目の野手になれとばかりに、団員のエールが大応援団の声を誘導する。グラウンドとスタンドがひとつになりリズムをつくった。

東は感じていた。これまでの試合とは異なる、喩えようのない熱い感覚が体の底から突き上げてくるのを。自分の声が、数万観衆の叫びを掻き分けて中京ナインに届くのがわかった。もちろん背番号1の背中にも。

不思議な気持ちでエールを振っていた。幽体離脱して自らを俯瞰する。勇猛な声の連なりが竜巻のように唸りを上げて巨大なすり鉢状の球場を高速回転で駈けめぐる。これが応援団の巻き起こす風なのか。東はひとり、台風の目の中にいるように、数万の歓喜が入り交じる光景を見ていた。応援団に入ってこれほど震える感覚を覚えたのははじめてだ。これが甲子園百勝をあげた野球部に送るエールなのかと。

序盤、津久見打線が野中攻略の糸口を見出せないまま試合は進行し、三回中京の攻撃を迎えた。これまで単打は出るものの、要所で打ち損じる。得点圏でのアンラッキーな打球も含め、スコアボードに0が並んだ。

この回ヒットの走者をおき、バッターは野中。微妙なコースを二球見送る。脇を固めバットを短く持ち、コンパクトに弾き返した打球がピッチャーの頭上を越えて行く。打球は浜風に逆らいながらぐんぐん伸びた。

「打ったー。センターオーバーの弾丸ライナー。打球は3バウンドして、フェンスに到達。セカンドがバックアップしましたが、野中は悠々二塁へ到達。その間に、先制点を奪いました。ノーアウト二塁、中京高校、さらに追加点のチャンスです」

ベンチから選手たちが身を乗り出した。マウンドには内野手が集まっている。

「カッセ、カッセ、中京、かっ飛ばせー、中京」

大声援にスタンドが揺れる。野中がセカンドベース上で、ジャンプしてスパイクの土を払った。

ノッてきたな。東は自分まで体が軽くなった。

正午を過ぎ頭上の太陽が選手たちの影を消す。熱風のような浜風が応援団員にからみつく。ユニフォームのトレーナーは汗でずっしり重くなった。決して上手いとは言えないブラスバンド部員が熱を帯びた楽器と格闘している。スタンドもまた戦いの場だ。

城之内以下、一年団員が濡れタオルを持ってスタンドを駆け回る。迅速な対応にOBたちが感心する。東ら二年団員がきっちり指導してきたのだ。もちろん鉄拳制裁は加えていない。一年団員は、それにあぐらをかかず、応援団とは何たるかを、日々の練習で培ってきた。東ら二年は指導するだけでなく、一年と同じ練習をしてきた。自らが見本となり、同じ団員であることを理解させるために。肉体は心を通じ合わせるための道具であることを、教えたのだ。

「押忍。コンバットマーチ用意」

竹下の指示にブラスバンドが呼応する。応援団長は演出家だ。チャンスとなれば高揚を誘い、ピンチの場面では声をまとめて選手の背中を押す。体罰を与えられない一年団員をはじめて従えた竹下は、これまでの二年間とは違う応援団を実感していた。三年団員たちが、最上級生であるという理由だけで団を支配することを撤廃したからだ。

『一年生と同じ汗をかけ』東ら二年がつくった、指導教訓である。

「二年団員だけに恰好つけさせてたまるか」

そう吠えたのは、体罰禁止に最後まで反対していた長瀬だった。指導法を変えることに抵抗し続けた長瀬が考えを改めたのだ。竹下が同意したからではない。下級生の東や上野が、体を張って一年に真剣味を教える姿勢に心が揺れたのだ。

そんな長瀬の変化を竹下は見逃さなかった。ただひと言「いくぞ」と肩を叩いて、一年を指導する現場に足を踏み入れたのだ。長瀬はジャージに着替え、額に汗をかき膝に泥をつけた。

「もっと上手くなりたいからだよ」

長瀬の姿に団員たちの意識は高まった。

「二年生は一年生の続きである」東は、そう説いた。竹下から「三年生は?」と訊かれ、「それは来年考えます」と言った。だが、来年を待つまでもなく、竹下や長瀬が答えを示してくれた。

〝三年生も一年生の続きである〟、滴る汗も、荒い息も、シビれる腹筋や千切れそうな喉の痛みも、みな同じだ。応援団は変わった。変わろうとして、変わったのだ。

野中の二塁打を皮切りに、打線は1アウトを挟み三安打を連ねた。効果的な犠打もあり、中京はこの回に四点を先制する。容赦なく注ぐ太陽のもと、中京ナインが、水がまかれて泥のように撥ねあがる土を蹴りダイヤモンドを駈け抜けた。

その後も野中の投球は冴えた。岡田がこれまでに球数を投げさせた反省から打たせて取るスタイルに変え、野中の疲労を抑えたのだ。勝てば二日後には準決勝だ。その翌日には決勝戦が控えている。天気予報にしばらく雨マークはない。

最終回、1アウト、カウント2－3の場面で、打者がバットの芯で捉える。カキーンという打球音で飛距離がわかった。打者がバットを置き、ゆっくりとした足取りで一塁へと向かう。スタンドまで運ばれた打球を外野手が目で追った。野中が指先の感触を確かめ、手首を返す。沸き上がる三塁側応援団の声援を、中京応援団が押し戻した。喧騒の中で、岡田が両手を広げて叫んだ。

「どんまいどんまい」

外野からも同じ声が飛ぶ。野中は岡田のサイン通り変化球をコーナーに投げ分け、内野ゴロをふたつ打たせ、中京は勝利した。苦笑いを浮かべる野中の尻を岡田が叩いた。

「まだまだですね」

「まだまだ成長できるということや」

一発は喰らったが、甲子園の頂点まで、あと二勝だ。

準決勝を翌日に控えた朝、野球部はいつものように寺へ散歩にでかけた。朝六時半というのに門の周辺には人だかりができている。杉浦以下、野球部員の姿が見えると拍手が起こった。先日の小学生が今日もサイン帳を抱えている。「野中くーん」「野中さーん」「野中ー」これまで四試合を投げて自責点2に抑えたエースに相応しい出迎えだ。部員たちが一礼して門をくぐり境内へと入って行った。用具室からバットを取り出すように竹ぼうきを手にした。

「こらぁ」

竹ぼうきで素振りをする選手を杉浦が叱りつける。野球部員は長い物を持てばなんでもバットに見立てる。サラリーマンが傘でゴルフのスイングをするように。

誰に命じられるわけでもなく両部員が混じって石畳に竹ぼうきを走らせる。ザッザッという音が朝の冷気を、より引き締める。春夏連続ベスト4入りを果たしたナインの目覚めはよく笑いがたえない。杉浦は住職と談笑し、東は野中と並んで掃いている。

「おめでとう」東が野中を称えた。

「おぉ。春と同じところまできたよ。あとふたつ。これからが長いと思う」

「昨日アベちゃんが来てたぞ。最前列でかち割り氷食いながら応援してた。アズマ、アズマって何度も呼ばれたけど、返事できないから無視した」

「アベちゃんらしいな。泣いてなかったか?」

「試合前の校歌斉唱の時から泣いてた」

「笑える」

門の外で、女子中高生たちが覗き込んでいる。

「ほら、手を振ってやれよ」

「うるせぇ」

「プロ行くんだろ、今からファンサービスしといた方がいいぞ」

観念したのか、野中が門に目をやる。振り向いただけでキャーという喚声が聞こえた。野中がすぐさま向き直り、逃げるように本堂へ走った。

センターを守る今井が、昨日の試合を振り返りながら野中と談笑し、バッテリーの呼吸の良さを称えた。センターからはバッテリーの波長がよくわかると言う。野手でただひとり、スコアボードに向いてプレーするキャッチャーが守備の司令塔、ランナーの動きやベンチとのサインにも目を配らなければならない。キャッチャーの仕事は多く、迷いが生じると、ピッチャーが牽制球を投げることがある。走者を刺すためのものではなく、ずれかけたキャッチャーとの間合いを修正するためだ。

昨日の試合、二塁にランナーを背負った場面で、野中は一度も牽制球を投げず、プレートを外すこともなかった。ランナーを気にせずミット目がけて投げ込めたことが、岡田との呼吸の良さであり、テンポよく試合を進められたということだ。

東はふたりの話に聞き耳をたてた。こいつらは本当に野球のことばかり考えているんだな。頼もしい四方山話に、明日の準決勝戦が待ち遠しくなった。

「で、彼は名前何て言うの？」

「こいつは東、俺のともだち」野中が東に目配せをした。

「おぉ」東がぶっきらぼうに言った。

野中の声が聞こえなくなる。上の空で返事をした。

「集合」

杉浦が両部員を集めた。住職が、部員たちに瞑想を促す。鳥がチュンチュンと楽しそうに鳴いている。目を開くと青空が目にしみた。

「人生とは、日々、毎分毎秒が修行です。上手くいかないから工夫が生まれ、人がいるから信頼関係が生まれます。人を信じる気持ちは尊いものです。ところが信頼関係は、些細なことで崩れてしまいます。そんなときは自分に非があると思いなさい。互いがそう思えば、信頼関係はより強くなります。野球とはそういうものだと思います」

住職の説法に、野中と岡田が目を合わせる。

「応援団員にとっても、同じことが言えますよ」

視線を感じて振り返ると竹下が穏やかに笑っていた。耳が痛かったのか、長瀬は落ちつかない様子だった。

住職の説法はすばらしかったが、野中の言葉が鮮烈すぎて、ほとんど覚えていない。

『ともだち』その短い言葉を、東はこのときほど嬉しく感じたことはなかった。


準決勝対広島商業戦。名門中の名門、伝統校中の伝統校同士の戦いがはじまる。試合直前練習に両校のナインが登場すると観衆のボルテージは高まり、実況もいささか興奮気味だ。鍛えられた堅守のチーム同士、ここまで堅実な試合運びで勝ち上がり、防御率では出場チーム中、一、二位、失策も少なく、この試合も投手戦が予想された。

その日の野中は、スタンドからも調子の良さが窺えた。腕がしなり、指先にしっかりボールがかかっている。なにより右膝についた土が調子の良さを物語っていた。

優勝を左右する一戦に、スタンドには今大会最多のファンが駆けつけた。いつもどおり学生席の後部には野球部ＯＢが、その後方には応援団ＯＢが陣取った。

「おらぁ、負けたら名古屋に帰れんと思え」バンカラ時代のＯＢは口が悪い。胡座をかき団扇であおりながらの応援だ。「ええかー、応援団の統率力がスタンドの勢いを決めるんやで」

たまに的を射たことを言うと周囲から拍手が起こった。

試合前夜、東に母親から電話があった。母親は早々に用件を切り出した。

「明日の試合にはさらしを巻きなさい。いざっというときには腹を締めれば力がでるのよ」

五試合目を前に、喉はほとんど潰れていた。腹に力が入らないときもある。さらし、か。それが父親の提案であることはすぐにわかった。

「さらしをぐるぐる巻きにして水を吹きかけてお腹をギュッと締めるの。それでいいんやね、お父さん?」

ほらみろ。やはり父親の差し金だ。電話の向こうで父親がかぶりを振るのが見える。

「ときどきあんたテレビに映っとるよ。お父さんも仕事休んでテレビ観とるで頑張りゃぁよ」

赤面する父親が浮かぶ。どうせなら電話に出ろよと言いたくなった。

それからは母親の質問攻めにあった。「ちゃんとご飯たべとる?」「お寺さんに迷惑かけとらへん?」「おともだちとは仲良くやっとるの?」いつもながら取るに足りないことばかりをあれこれ聞かれ電話を切りたくなった。

「え、何?」送話部を覆われ曇った声がする。「うん、うん……」

「もしもし、どうしたんや?」

「ううん、お父さんが頑張れって」

電話を切ってからもしばらく受話器を握っていた。野球部を応援する自分を応援してくれる人がいる。無口な父親とおせっかいな母親の気持ちが胸に沁みる。自分は両親にもエールを送っているのかもしれない。珍しく感傷的な気持ちになった。試合当日の朝、竹下にさらしを巻くことを許可され、東は一年を連れてさらしを買いに出掛けた。

「ヤクザみたいやな」

竹下に言われ、にが笑いをした。宿舎の寺で、団員たちが見よう見まねでさらしを巻いていると、住職が、「どれどれ」と東が巻いたさらしをほどき見本を見せた。

「この辺りは祭りが盛んでね。御輿を担ぐときによく巻いてやるんですよ」

住職の手際の良さに感心する。身体に力が溜まっていくのがわかった。

「これで負けたら切腹ですな」

ブラックジョークに気合いが入る。住職も心強い応援団のひとりだ。


グラウンドに水がまかれ陽炎が立つ。両チームが整列し、伝統のユニフォームの上に坊主頭が並んだ。広商ナインが軽快な足取りで守備位置につき、体をほぐしている。いよいよ準決勝の始まりだ。

一回裏、野中が外角のストレートから入り、打者がバットを握り直す。先頭打者をストレートで三振に取り、一安打を許すが後続をなんなく打ち取る。

対する広商エース池本は、野中と対照的な変速サイドスローの技巧派。持ち玉のカーブをコースに投げ分け、右打者の腰を泳がせ、左打者には外から切り込む。中京打線はタイミングを捉えられず、詰まった打球を山積し、広商伝統の堅守も相まって攻略の糸口が摑めない。

二回裏、広商、五番佐々木がセンター前ヒットを放ち、続く甲村がスリーバントを決める。七番小田のセンター前ヒットで一、三塁とし、相島がスクイズを成功させて広商が先取点を奪う。

中京も、三回、四回と二死満塁のチャンスを摑むが、あと一本が遠く、スコアボードに得点を刻むことができない。試合を優勢に進めながらの拙攻にも、野中は表情を崩さない。深呼吸で心を整えて、ナインに声をかけた。

四回裏二死、この日はじめて野中がキャッチャー岡田のサインに首を横に振った。カウント1－3から二度、三度、ようやくサインが決まり外角へストレートを投げ込んだが、高めに外れてフォアボールを与える。

「がんばれ、がんばれ、中京」

音響が増した応援を実感する。太鼓の音が球場全体に響いた。

続く相島への初球、一塁走者小田が大きく塁を離れたのを、岡田が見逃さず一塁へ送球した。塁間に挟まれた小田が、一塁長島に追われてタッチアウト。中京はピンチの芽を摘んだ。

ベンチに戻ると、杉浦監督が腕組みをして待っていた。

「なんだ、さっきの配球は？」

すぐさま杉浦が岡田に訊いた。

「野中を信じてストレートを投げさせました」

「三球続けるリスクは考えなかったのか？」

「球がきていましたので確信しました」

「お前の判断か」

「そうです」

「わかった」

岡田が、すべての責任は自分にあるという目をした。

六回表中京の攻撃。二死から鈴木が二塁打を放ち、野中に打順が廻る。野中がバットを立て気合を入れた。しかし、1－1からのカーブを強振した打球は、力なくピッチャー前に転がり、またしても無得点となる。

七回表、九番中川が死球をうけ、続く今井がバントで送る。この大会チーム十三本目の送りバントだ。二番木下の打球が二塁手小田の悪送球を誘い、1アウト一、三塁。小田がボールを握りそこねた右手に何度も目をやった。

「堅守の広商からエラーを誘い、中京は文字通りラッキーセブンとなるのでしょうか」

実況に呼応するように、中京スタンドの歓声が高まる。三番伊東はチャンスに強い好打者だ。伊東がバットを揺らしてプレッシャーをかける。池本が気持ちを整えるように汗を拭った。ひとつ息を吐き出してサインを覗き込む池本。打つ気満々の伊東は左足で小刻みにタイミングを図っている。

ランナーを一、三塁に置きながら、池本がゆったりとしたモーションから投げ込んだカーブを、伊東が待ちきれずに打ち上げげショートへの凡フライとなった。これまで甲子園で二十六試合スクイズで得点を許していない広商の術中にはまるような打撃に、伊東が肩をすくめる。

続く四番森田が、甘めに入った初球のカーブをミートし、一、二塁間へ痛烈なゴロを放つが、広商小田が横っ飛びで好捕しチャンスを潰した。

「セカンド小田、さきほどのミスを帳消しにするファインプレーです」

あまりにも遠い一点に、三塁側アルプススタンドが中京応援歌を熱唱する。負けじと一塁側アルプスからも広商応援歌が響き、甲子園球場はふたつの校歌が交差した。

七回裏、野中はここまで四本のヒットを浴びたが、三回以降はヒットを許さず、四球とエラーのランナーを出しただけ。野中には、打たれた気も、打たれる気もしなかった。

１アウト後、六番甲村の内野ゴロが三塁木下の悪送球によりランナーを許すが、続く小田に、バントを誘い出すような高めのストレートでショートへのバントフライを打たせてダブルプレーに打ち取る。バント練習に多くの時間を割いてきた広商打線が、思うようにボールを殺せない。

「ここに来て、野中の球がまた走り出しました」

実況の言葉通り、野中の球がバッターの手元でホップするように感じる。バントでのポップフライがその証拠だ。

八回表、死から岡田が四球を選ぶと、広商ノインがマウンド上に集まった。両手を広げて〝どんまい〟と口を動かし、池本の尻をぽんと叩く。球数が多くなり疲労が見られる池本が守備位置に戻った内野陣に笑顔で応える。

続く鈴木が五球を投げさせたあと、池本が一度、二度、しつこく岡田を牽制する。少し間を開け、大きくリードをとった岡田に池本が三度目の牽制球を投げると、帰塁できなくなった岡田が苦し紛れに二塁へ走り出し、一塁久山が難なく追いつきタッチアウト。カウント１－３からヒットエンドランのサインが出ていたのか、岡田が肩を落としてベンチに戻ってくる。エンドランならば、幾分スタートが遅れても問題はないが、思うような展開にならず焦れた中京の痛恨のミスだった。

「中京に焦りを感じますね」

「相手の焦りをじっと待つのが広島商業です」

テレビが、帽子を取ってうなだれる杉浦監督を捉えたあと、同じく帽子をとってメガホンを打ち鳴らす桑原監督を映した。

鈴木は四球を選び、打席に野中が入るが、三球目を打ち損じてショートゴロでスリーアウト。池本はここぞというときで打ち気を外す変化球をコースに決め、中京打線は罠にかかったように大振りして凡打を重ねる。スコアは0対1。残る攻撃はあと一回。チャンスを潰すたびに大きくなる応援団の大声援を、野中は感じていた。

八回裏、しゃもじを鳴らす広商の応援がスタンドを包む。先頭打者相馬が2ナッシングからボールを振らずに四球を選ぶ。九番池本が定石通り送りバントを決め、1アウト一塁。一番豊田が芯で捉えた打球はライトライナーとなり、続く林の初球打ちはセカンド伊東のスライディングキャッチでアウトとなった。最終盤になってようやくリズムができた守備陣に、打線への期待が高まる。

春よりもうひとつ上の高みを目指すため、中京ナインが円陣を組んだ。

「今まで練習してきたことをやれば勝てるぞ」

杉浦の言葉にナインの士気が高まる。最終回の攻撃を前に、中京応援席がしゃもじの大音量を押し返した。

九回表、先頭打者の九番中川が声を上げ、気合を入れて打席に入る。池本の投じた初球のカーブが止めたバットに当たり、中途半端なスイングとなってサードゴロに打ち取られる。一番今井が、ピッチャーの右を抜いたかと思ったが、池本が横っ飛びでキャッチし、一塁へトスして2アウト。

二番木下が粘って四球を選び、続く三番伊東が一、二塁間を抜くヒットを放つと、一塁ランナー木下が強引に三塁を狙って二死、一、三塁に。中京がこの試合、得点圏に六度目のランナーを置き同点のチャンスをつくった。

「中京応援席の生徒は、もう野球を観ていません。拝んでいるだけです。広商の女生徒は泣きじゃくりながらしゃもじを鳴らしています。ここにも、もうひとつの戦いがあります」

打席には四番森田。ここまで池本に打たされている森田が、バットを短く持って打席に入った。一球ごとに、アルプスだけでなく、球場全体が応援席と化す。

「中京高校は負けません。勝利を信じて、力の限りの応援をお願いします」

竹下が嗄れた声でエールを振る。団員たちが応援席に向かい、両手を振り上げる。

「フレッ、フレッ、中京」

ブラスバンド部が楽器を鳴らし、応援団が太鼓を叩く。誰もが自分たちの願いが選手に届くと信じている。

〝野中、負けるな。俺たちのエールが、お前に力を与える〟。滴る汗を拭おうともせず東が気合を入れる。東の想いが通じたのか、野中がブルペンに向かった。この回で追いつき、逆転して最終回のマウンドに立つためだ。

カウント3－2。池本が投じた、この日136球目を捉えた打球が、ピッチャーの足元を抜けセンター前に達しようとしたところを、ショート豊田がバックアップし、間一髪のタイミングで一塁に送球する。ヘッドスライディングした森田が砂埃をあげ、一瞬の間をあけて審判の右手が上がった。

「アウト」

一塁ベースを抱えたまま、森田が起き上がれない。野中がピッチングを止めた。

無情なサイレンが鳴り両校ナインがホームベース上に整列する。泥だらけになったユニフォームの森田が最後に列に加わった。

九回裏のスコアボードには『×』のボードがはめ込まれた。

万感の涙を流して校歌を斉唱する広商ナイン。中京ナインの目にはちがう涙があった。校歌が流れている間は涙を拭わない。勝者を仰ぐことがスポーツマン精神の基本だ。笑顔で一塁側スタンドへ駈け込む広商ナインと、帽子で顔を覆う中京ナイン。それでも駈け足でスタンドへ向かった。

選手が整列し大応援団に一礼する。スタンドが拍手で選手たちの健闘を称えた。

「中京高校野球部諸君の健闘を称え、フレーフレー、中京」

竹下が高校生活最後のエールを振った。選手たちが泣きじゃくる中、野中ひとりが涙を流さなかった。同じく涙にくれるスタンドでは、東が涙を堪えていた。〝俺たちが涙を流すのは今じゃない〟。東の思いは、野中に届いただろうか。

何事もなかったように、グラウンドキーパーがマウンドをならしはじめた。

その夜、応援団員は夕食のテーブルに着いていた。誰もが肩を丸め、僧侶たちが対応に苦慮している。大会期間中、すべてを団員にまかせ、口をつぐんでいた顧問の森口がそっと口を開いた。

「野球部とともに、悔し涙を流させてもらえることを誇りに思え」

森口の言葉に団員たちが肩を震わせる。最初に涙を流したのは体罰禁止に猛反対した長瀬だった。

「悔しいです。悔しくてたまりません」

嗚咽で言葉を詰まらせる長瀬に、森口が冷静に言い放つ。

「たとえ喜びの涙だとしても、お前らは主役ではない。ただお前らの涙は、応援団として誇らしいものであることに違いない」

言葉尻がやさしくなった。食堂に嗚咽がひろがる。長瀬がたまらず声を漏らした。

一回戦から全試合を観戦したアベちゃんは、甲子園球場近くの旅館に宿泊していた。春夏問わず、中京が甲子園に出場するたびに、店を臨時休業するのだ。休業日が多い年は中京が勝ち進んだことを意味する。何十年も続く儀式のような臨時休業を、常連たちは『修学旅行』と冷やかした。

何十年も通う定宿近くの中華飯店で、友人たちと残念会を開いていたアベちゃんが、何を思ったのかスーパーで食材を買い出し、店主の了解を得て大量のチャーハンと餃子を作りはじめた。続いて野菜炒めと青椒肉絲を仕上げ、大皿に乗せて岡持に入れた。

「野球部の宿舎には入れんから、せめて応援団に差入れしてやらんと」

岡持ふたつを乗せてバイクにまたがり、アベちゃんは応援団の宿泊する禅寺へと向かった。インターホンを押し、若い僧侶に私設応援団長であることを告げ食堂へと通された。

「あっ、アベちゃん」

突然の登場に団員たちが驚きの声をあげた。まだ『安部飯店』に入店したことがない一年団員がお辞儀をする。皆一様に岡持に目をやった。

「お前らの大好物や」

しんみりとしていた食堂に笑い声が広がり、アベちゃんが得意顔になる。そこへ住職が咳払いをしながらあらわれた。

「どなたか存じませんが、行き過ぎた行為ではありませんか。生徒たちは遊びにきているのではありません。野球部の応援という修業のために、ここで集団生活をしているのです。寺に寝泊まりすることを宿坊と言い、掃除や瞑想も行うのです。どうかおひきとりください」

冷淡に言う僧侶に、場が気まずくなった。

「申し訳ございませんでした。今すぐ持ち帰ります」

肩を落としてアベちゃんが岡持を持ち上げた。ベソをかく子どもより情けない顔だ。

「お待ちください。実は生徒諸君が菓子類を買い込んで、夜半に食べているのです。菓子類は身体に悪いですし腹も膨れません。お持ちくださったものを、私公認で生徒たちの夜食とさせていただけませんか。森口先生、よろしいですね」

森口が笑顔で会釈する。「私の分もありますか」と笑いを誘った。

「ありがとうございます。ありがとうございます」

アベちゃんの瞼から涙が落ちた。今日もアベちゃんは涙もろい。

「これから食事ですが、よろしければアベさんも一緒にどうですか」

住職の計らいにアベちゃんがかぶりを振った。

「そうおっしゃらずに」

「私はこれで失礼します」そう言って、アベちゃんは急ぎ足で食堂を出て行った。

「まったくおもしろい方ですな」住職が笑いながら見送った。

アベちゃんの残り香には、ほんのりお酒の臭いがあった。

「まったく」

竹下が呆れ笑いをした。緊張の糸をほどいたように団員たちが重い息を吐き出す。アベちゃんの茶番劇のおかげで、和やかな晩餐会がはじまった。森口がこの場で引退式をやろうと提案すると、竹下がかぶりを振った。

「日付が変わるまで応援団長でいさせてください」

そのひと言で、また場が静まる。さっきまでのものとは違う、各々が大切な何かを確信するための沈黙だった。

野球部の宿舎では、岡田から野中に主将が引き継がれた。満場一致の選出に、部員たちからは拍手が起こった。三年部員たちが、ひとりひとり三年間を振り返る。どの顔にも喜びと悔しさが混じっていた。

甲子園は残酷だ。優勝したチーム以外、最終戦は負けとなる。どれだけ勝利を重ねても最後の敗戦が記憶を支配する。

「この先、君たちがつまずいたときの杖になるのは、悔しかった記憶だ。喜びの何倍も意味のある悔しさを胸に、どうか素晴らしい人生を歩んでほしい」

杉浦の言葉に選手たちが涙する。杉浦が「ほら」と野中に嗾《けしか》ける。新キャプテンとして何を話していいのかわからず、野中が目を泳がせた。

「しっかりしろ、新キャプテン」三年部員が野中を冷やかした。

「来年は甲子園で優勝します。三年生のみなさん、ありがとうございました」

「フレーフレー、野中」

岡田が即興で、エールを振った。

翌朝、野球部が寺を訪れたときには、二年団員への引き継ぎ式が行われていた。三年団員が整列し、二年団員と一年団員が向かい合う。住職と僧侶たちが離れて見守っていた。

顧問の森口が野球部員たちを手招くと、一年団員の後ろに整列した。

「押忍。今日まで三年間、素晴らしい団員生活を送ることができました。三年生を代表して御礼申し上げます。押忍」

竹下に全団員が拍手をする。野球部員も合わせた。

「この瞬間から、我が応援団は新体制となります。団長には東淳之介君を推薦します」

緊張の面持ちで東が前に立つ。

「押忍、中京応援団の伝統に恥じぬよう努めて参ります」

寺の外の高校野球ファンからも拍手が起こった。

東が住職に何かを窺う。住職がゆっくりとうなずいた。

「押忍。中京高等学校の栄華を祈って、フレーフレー、中京」

突然のエールにざわつくのもつかの間、両部員が叫ぶように声を張り上げる。

「フレッ、フレッ、中京、フレッ、フレッ、フレッ、中京」

いつもエールを送られる野球部員にとって、それははじめて誰かに送るエールとなった。

「私たちも仲間に入れてもらっていいですかな」

住職が東に目配せする。僧侶たちが団員と並んだ。

「フレッ、フレッ、中京」

両部員に僧侶たちの声が入り混じる。住職も杉浦も加わった。高校野球ファンが大声で叫んだ。

「いいぞっ、日本一！」その声に拍手が起こり、東が「押忍」と応えた。

野中が東に歩み寄る。

「はじめて声だしたけど、ええもんやな」
「だろ」
門の外では、大勢のファンがサイン帳を抱いて待っていた。

押忍、押忍、押忍

甲子園が終わりようやく夏休みが訪れた。三年団員からの引き継ぎも終わり新体制も整った。今年の一年は小粒ぞろいだが、二年とは比較にならないほど勤勉だ。入団時に「団長になりたい」と言った城之内は、応援団日誌なる反省記を書き、団員たちが回覧している。もし理不尽な体罰を加えていたら、どれだけの団員が残っただろう。東はあらためて自分の決断が正しかったと思った。

東がいつも応援団のことばかり考えているのは、暇でやることがないからだ。同級生や地元の友人といても、女か喧嘩の話ばかり。バイクを改造したとか、ケンメリをシャコタン土禁にしたとか、悪友が乗せてやると言うが、ゴッドファーザーのテーマを鳴らして走るクルマなんかに誰が乗るか。

思えば中京に入ってからほぼ喧嘩はしていない。あれだけ荒れていた自分が嘘みたいに丸くなったことを不思議に思う。今では不良も喧嘩もまるで興味なし。女は好きだが焦りはない。好きな女がいれば別だが、別れた女にしつこくされて女そのものが面倒くさくなった。京子とコーヒーを飲むぐらいがちょうどいいのだ。京子は元不良だし、自分のこともわかってくれている。彼女にするのはごめんだが、一緒にいると楽でいい。

天井に貼ったジェームズ・ディーンのポスターを眺めながら、ショートホープに火を点ける。紫煙が渦を巻きながらのぼっていく。脳裏を過ぎるのは甲子園と応援団のことばかり。野中は何してるんだろう。練習に決まってるか。東は立て続けに三本吸った。

暇に耐えられず、東は繁華街に出た。栄《さかえ》をぶらつくのはいつぶりだろう。相変わらずここは不良だらけだ。あちこちから鋭利な視線が飛んでくる。どいつもこいつもパンチでニュートラ、エナメルの靴のそろい踏みで、紳士服店の品評会のようだ。周りから見れば東もおなじだが。

抗戦的な目には応えない。不良はガンをつけるだけで満足なのだ。「あいつ目を逸らしたぜ」と一緒にいる奴に言えればそれでいい。そんな奴らには好きなだけ眺めさせてやればいい。しつこい奴には睨み返して、目を逸らさせてやるだけだ。つっかかってくれば、それはその時。だが、野球部の迷惑を考えたら拳を振るうわけにはいかない。これまでにそういう局面もあったが、殴り合いの喧嘩になったのは一回だけ。不良学生に絡まれたサラリーマンを助けるために、元団員の田島とふたりでボコボコにしたのはいいが、吉村からこっぴどくやられ、田島は退団させられた。それ以外はどうやって切り抜けたのか正直記憶にない。

団員のほとんどがツッパるために入団したのに、喧嘩することを許されないとはへんな話だ。事実、我慢できないやつは辞めていった。どいつもこいつも中京を売りに暴れているらしいが、団員に喧嘩を売ってくる者はいない。それがどれだけダサいことかを知っているからだ。結局、街に出ても応援団のことしか考えられない自分を、東はつまらない男だと思った。

「あーっ」

向こうから女の声がした。京子だ。隣でポロシャツを着た男が驚いている。立ち止まって髪の先をつまむ京子に、男が何か聞いている。デート中に申しわけないと思いつつ、東が声をかけた。

「金沢さん」名字で呼んだ。デリカシーはあるつもりだ。

「こんにちは、アズマ君」京子が真っ赤になった。ポロシャツの男と目が合ったが、すぐに下を向かれた。何が、〝クン〟だ、東が笑いを堪えた。

「アズマ君はね、地元が同じで小中の同級生で、今は中京高校の応援団で学年リーダーやってて、野球部の応援で甲子園にも行ったの。それとね……」

必死で解説する京子に、男はうなずくしかない。「へぇ」という口が固まったままだ。見るからに育ちの良さそうな男にとって、東のような風貌は別世界の人間だ。ヤクザの息子と知ったら逃げ出すかも知れない。

ぎこちない雰囲気に、東は申しわけなくなってきた。

「俺、急いでるから行くわ」東が手刀を斬ってその場を去った。

「あのねっ」京子が何か言おうとしたが無視した。背中に京子の視線を感じたが、そのまま歩いた。

京子やるじゃん。そう思う反面、どこかもどかしさを覚える。京子を女として意識したことはないが、彼氏連れの場面で会うとへんな気持ちだ。ふわふわのパーマ、チェックのワンピース、クレージュのショルダーバッグ、化粧もしていた。あんな恰好もするんだ。煙草はやめたのかな？　そう言えばあいつ、文化祭に来てくれって言ってなかったっけ？　また地元の喫茶店で会えばいいか。あいつも何か言いたがってたし。知らなかったなぁ、彼氏がいたんだ。

「どうでもええか、彼女でもないんやし」言葉にして言い聞かせた。

二学期がはじまり、秋季大会に向けて本格的な応援練習がはじまる頃、事件が起きた。一年団員の堀が、他校ともめて相手にケガを負わせたのだ。練習を終え、下校時に堀が地下鉄車内で他校生に因縁をつけられたのがきっかけだった。相手は尾張実業の不良たちで、いきなり胸ぐらを摑まれ、次の駅で降ろされたときには、さらに数名の不良が待ち受けていた。不良に囲まれながら駅を抜け、閑散とした公園に連れて行かれた堀は、背後から蹴りを入れられ、ひざまずかされた。

「やっと見つけたよ、中京ちゃん」

剃りを入れたリーゼントがニヤつきながら堀を見下ろす。中京をシメることは不良たちにとって勲章だ。多勢に無勢であろうが関係ない。中京狩りをしたことが手柄となる。

堀が口を結び、顔を背けた。

「そんな気合いの入ったボンタン履いて、ひとり歩きはヤベェんじゃねぇ?」

しゃがんで覗き込まれた堀が、目を逸らしたまま言った。

「どうするつもりや」

「お前が聞くな、俺が決める」リーゼントが立ち上がった。

「素直にボンタン脱いで帰るんなら見逃してやるぞ。帰りはパンツ一丁で電車に乗ってもらうけどな」不良たちがわざとらしく笑った。

「あれ、こいつ堀じゃねぇ?」ひとりがまじまじと覗き込む。「間違いねぇ、堀だよ、四中の堀」

「堀って、中村区仕切ってた、あの堀?」

「そうそう、チョーパンの堀。四中の総番」

「うっそー、大物じゃゃーん」リーゼントが手を叩いて戯ける。「だったらこいつとやってみてーなー。

俺いっていいっすかー」そうはしゃぎながらリーゼントが堀に額を近づけた。

「なんだ、やる気ねぇのかよ」

髪を摑まれ、ぐらぐら揺らされても堀は目を合わせない。応援団員には守らなければならないことがある。

「お前にやる気がなくても、俺はやる気満々なんだよー。なんてったって四中のスターが中京生だってんだから、そりゃやるでしょー」

堀を小馬鹿にするように髪の毛を引っ張りまわす。堀がぐらりと揺れた。

「オラ、オラ、オラ」堀の頰に平手が飛ぶ。五発、六発、どんどん強くなっていく。弄ぶように往復ビンタを続け、堀の頰が真っ赤に腫れ上がった。

「なんで抵抗しねーんじゃ、コラ」

狂喜の顔になったリーゼントが堀を立たせ、顔面に拳を打ちつけた。〝ガシッ〟、鈍い音がして堀がうずくまる。二発目は堀が避けた。

「なに避けてんだよっ」

睨みつける堀の腹をリーゼントが蹴り上げる。返しの蹴りが頭に命中した。

堀が大の字に倒れた。リーゼントが足をケンケンしながら顔を歪めている。凄惨な場面に不良たちが目を背けた。

「おい、脱がせろ」リーゼントが叫んだ。

仲間たちが怖ず怖ずと堀のボンタンに手を掛ける。脱がされまいと堀がベルトを摑んだ。手こずる仲間にリーゼントが、「こうすればおとなしくなるんだよ」と堀の腹を踏んづけた。

「ぐえっ」堀が唸りながらジタバタする。バックルから両手が離れた。

仲間たちが三人掛かりでボンタンを脱がす。堀が抵抗したが、力はなく、すぐに払われた。

「あれ、これ援団のバッジじゃねぇ?」リーゼントが襟元を凝視した。「ついでにこれももらっとくか」

リーゼントがバッジに手を掛けようとする。堀が襟を摑みバッジを隠した。

「殺すぞ」堀が目の色を変える。リーゼントが目を剝いた。

「おもしれぇ、やれるもんならやってみろやー」

〝ゴン〟、リーゼントのチョーパンが堀の額に命中した。堀の首が倒れる。バッジは握りしめたままだ。

「チョーパンの堀なんだろ。大したことねーなー」笑いながらリーゼントが二発目のチョーパンを鼻に入れると堀の顔が鮮血に染まった。リーゼントに返り血が飛ぶ。仲間が「もうやめようよ」と声を震わせた。

白目を剝いた堀からバッジをもぎ取りポケットに入れる。リーゼントがへらへらしながら仲間たちの元へ戻っていく。

「待て」

背後の声に気づきリーゼントが振り返る。

「オラー」叫び声とともに、堀のダイビングキックがリーゼントに命中した。ふたりは転倒し、先に起き上がった堀が馬乗りになった。

「てっめー、ふっざけんじゃねぇー」

堀がリーゼントの鼻頭めがけてチョーパンをお見舞いした。二発、三発、骨が砕ける音がした。血で染まった堀は鬼の形相だ。四発目のチョーパンが入ったときに、金縛りのように動けなかった仲間たちが体当たりで堀を止めた。堀は弾き飛ばされ大の字に転がった。リーゼントは失神して白目を剝いている。鼻は倍以上に腫れ上がり、前歯が数本折れていた。

「こら、バッジ返せや」

堀が横たわるリーゼントのポケットをまさぐった。

「あった」

堀がふたたび大の字に倒れ込む。夜空を見上げながら息を吐き出し「押忍」と言った。

三日後、応援団の部室には顔中に青あざをつくった堀がいた。その理由を告げにきたのだ。二日間は学校を欠席し、同級生団員からの電話にも出ず、この日、はじめて団員たちが事実を知らされることとなった。

堀は他校ともめたことを伝え、退団届けを束に提出した。応援団の掟を破ったからだ。一年団員たちが愕然として黙り込む。堀は一年の統制役を任される次期幹部候補である。二年団員たちにも動揺が広がった。痛々しさから、声のかけようがない。

「他校生と暴力行為におよんでしまいました。退団届けを受理してください」

口の中が切れてよく聞き取れない。鼻には綿が詰められている。

「本当に申し訳ございませんでした」

深々と頭を垂れる堀に、団員たちは黙り込むだけだ。

東は薄々感じていた。堀から仕掛けたのではなく、やむを得ずそうなってしまったことを。どんな事情であれ、暴力行為をした者を応援団に残すことはできない。事件が発覚して問題になれば野球部に迷惑がかかる。先の秋季大会は、選抜甲子園をかけた大切な公式戦だ。ただひとつ、東は堀に聞きたいことがあった。

「どうして拳をふるったんだ」

気丈に振る舞っていた堀が肩を震わせる。「押忍」それで誤魔化そうと堀は思った。

「教えてくれ」東が堀を見据えた。

堀が喉をひきつかせる。体中がぶるぶると震えた。

「押忍、バッジをもぎとられたからです」

震える声で言うと、堀は堪えきれず声をあげて泣き出した。

泣きじゃくる堀を東が見つめる。堀が涙でぐしゃぐしゃになった。一年団員たちがもらい泣きし、二年団員は部室を出た。堀は東に抱かれながら、気のすむまで泣いた。

「退部届けは俺が預かる。勝手な真似は許さん」

堀が涙目で東を見た。団員たちが嗚咽する。副団長の上野だけが微笑《わら》いながらうなずいた。

しばらく時が過ぎ、堀の顔の腫れがひいても、事件のことは明るみにならなかった。誰かが堀を待ち伏せすることも、団員の誰かが狙われることもなく、当の堀は、練習に参加することを許されず謹慎したままだ。クラスの担任に顔の腫れを聞かれ、「階段から落ちました」と言うと、担任は「そうか」と言って、何事もなかったように授業をはじめた。それが中京高校の凄さである。

秋季大会が幕を開けた。昨年の同大会優勝以来、東海地区で公式戦負け知らずの中京は、順当に県大会を勝ち抜き本戦へと進んだ。春、夏の甲子園でベスト４入りし、全国的に名の知れたエース野中に加え、控えの紀藤も著しい成長を遂げ、対外試合では県外の強豪校からも連勝している。背番号９の紀藤はライトを守り、野中とともにクリーンアップの一角を担う。今や中京に欠かすことのできない主力選手となり、ダブルエースを擁する中京は今大会でも優勝候補の筆頭に挙げられ、巷では『中京最強時代』と騒ぎ立てた。

何より嬉しいのは、アンチビこと安藤が試合に出られるようになったことだ。中学時代から〝中京でレギュラーを獲る〟と言って東に笑われたアンチビは、レギュラーの当落線上にあるものの、守備力が評価され、ここ数試合で起用されている。背番号13、打力は乏しいが機動力もありバントも無難にこなすユーティリティープレイヤーは、チームに欠かせないムードメーカーでもある。ベンチでは誰よりも大きな声を出し、最後までグラウンドに残る。二軍以下の選手のノックにも率先して付き合い、部内での信頼度は抜群だ。東は、アンチビの活躍を心から喜んだ。

初戦の対戦校は静岡県大会三位の静清工。練習試合でも負けたことがない相手で、野中は完投勝利を挙げている。平日ながらネット裏には熱心なファンが集った。授業中のため応援団の姿はない。誰もが春夏連続甲子園ベスト４の中京が圧勝すると信じていた。しかし、中京は敗退する。

２対３。初回に二点を先行しながら、軟投投手小林を崩しきれず、最終回に二点を奪われての逆転負けだ。

「静清工、中京に勝ちました。見事な逆転勝ちです」

ウィニングボールを摑んだ一塁手が両手を挙げて喜びを炸裂させた。ダッシュで戻ってくるライトと並んでガッツポーズで駈けてくる。落胆を隠せないナインに先がけ杉浦監督が帽子をとった。両校がホームベースを挟んで向かい合う。笑顔の静清工ナインとは対照的に、中京ナインの顔は歪んだ。ユニフォームを泥だらけにしたアンチビの足元に涙が落ちる。悔し泣きにしては、あまりにも早すぎる涙だ。

悪夢のような敗戦、顔を起こせないナインの耳に大声が飛び込んできた。

「フレーフレー、中京」

スタンドで中京のユニフォームを着た男がエールを振っている。アベちゃんだった。背番号は甲子園通算勝利数と同じ「105」。見よう見まねのエールが閑散とした球場に響いた。

「こんなところで負けやがって、バカヤロー!」

乱暴なアベちゃんのエールにナインが帽子に手をやった。アベちゃんは、スターティングメンバーのみならず、控え選手の名前も連呼し、最後に不甲斐ない敗戦で肩を落とすエースの名前を叫んだ。

「フレーフレー、野中。負けるな、負けるな、野中」

野中がひとり立ち尽くし、一礼してアベちゃんのエールを受け、球場をあとにした。

学校では、東が部室に団員たちを招集していた。

「週末の準々決勝が新体制として初の対外試合となる。選抜出場にとって大切な試合となるので気を引き締めて練習するように」

東はまだ野球部の敗戦を知らない。春の甲子園出場が消えたことも。新体制での初試合が、随分先に延びたことも。

ベンチ前で野中がクールダウンのキャッチボールをはじめた。まばらな報道陣がシャッター音を響かせる。写真にはどのような言葉が添えられるのだろう。バットケースを担ぐ選手をよそに、紀藤がストレッチをはじめた。登板機会のなかった紀藤が、野中とは別の悔しさを滲ませる。敗戦に打ちひしがれている暇はない。三年夏の甲子園に向けた戦いが、ふたりの中ではじまった。


帰りのバスで杉浦監督が言った。

「手ぶらで帰ってはならん。負けから何かを学び教材とせよ。どう負けたか、なぜ負けたかを分析し、明日への糧とするのだ。負けてこそ、強くなれ！」

東が野球部の敗戦を知ったのは練習後の部室だった。顧問の森口が、部室に入るなり「悪い知らせや」と笑った。

「負けたんですか」

「2対3、ミスが続いて逆転負けや」

団員たちが肩を落とし、重い空気が部室を支配する。

「ほんならワシは帰るで」森口が閉めた扉が、ぼわっとなった。

野球部が負けを応援団に報告する義務はない。甲子園に出場するからと応援を頼むわけでもない。しかし野球部にとって大応援団の声援を浴びながらプレーすることは喜びであり励みだ。

応援団の檜舞台は野球部の勝利により得られるもので、自ら手に入れることはできない。アルプススタンドの主役とはいえ、あくまで裏方なのだ。野球部と応援団の関係とはそういうものだ。

野球部の甲子園出場がついえた瞬間、応援団の舞台も消えた。地区予選でエールを振ることもできない。もっとも他の競技部を応援することも活動の一環である。サッカー場で、体育館で、武道館で。しかし攻守が激しく入れ替わる球技や武道でのエールは制限され、屋内競技場では鳴り物が禁止される。甲子園こそが、応援団にとっての戦場であり舞台なのだ。

森口の報告を受けた翌日、東は全団員を招集した。昨日とは違う話をしなければならない。それが応援団の運命であることを。

「野球部が負けた。準々決勝で初陣を飾るはずだった新体制でのフォーメーションも機会を失くした。残念だが、来年の夏を目指して練習に励みたい」

団員たちにとって十ヶ月後の未来はあまりに遠い。この悔しさを保持しながら練習に集中できるだろうか。気持ちは途切れないだろうか。自分についてきてくれるだろうか。練習を積んだところで本当に甲子園に行けるのだろうか。黙り込む団員たちの胸中を察し、東は言った。

「甲子園に行くのは俺たちじゃない、野球部だ。野球部が甲子園出場を決めなければ、自分たちの練習は報われない。それでも我々は練習を続けなければならないんだ」

厳しい言葉を選んだ。それが応援団員の宿命であることを伝えるために。

「押忍。わかりました」

団員たちの覚悟を感じた。その思いを信じよう。それが今、東にできる、団長としての務めである。

エースと団長

野中とはしばらく顔を合わせていない。どう話しかけていいかわからないうちに、東の足はアベちゃんの店から遠のいた。グラウンドにはいつもと変わりない野球部の練習風景があり、活気ある声と小気味よい金属バットの打球音が屋上に響いた。敗戦を省みて、足りないものを見つけ、修正し、錬磨する。悔しさを忘れず、今より強いチームに成長しようという気概が伝わってくる。

野球部が羨ましい。悔しくても涙を流せない自分が悲しい。勝ち負けのない応援団の世界で、自分たちの存在意義とはなんなのだろうと、東が自問する。自分たちが野球部を甲子園に連れていくことはできない。連れていってもらう身なのだ。ひとつあるとするならば、野球部が、野中がピンチのときに、自分たちの応援を必要としてくれたなら十分、そう無理やり思い込んだ。あれこれ悩みを巡らせてもらちがあかない。その時のために、日々の練習に励もう。それが応援団にとっての、敗戦からの学びだと言い聞かせた。

一週間後、見知らぬ学生が部室の東を訪ねた。入部希望者にはとても思えない、真面目を絵に描いたような男だ。聞けば学生は、『安部飯店』の二階に下宿している中京生だった。「店主からのことづけを預かってきましたのでお伝えします。応援団の方に来ていただかないと商売にならないそうです」七三分けの学生が淡々と言う。「来ないと今度から大盛りもサービスもしないらしいです」と追い打ちまでかけられた。

「確かにお伝えしましたので、僕はこれで」真面目そうな下宿生は、用件を伝えるとすぐさま部室を出て行った。

手の込んだことしやがって。アベちゃんをなじりながら心でほっとする。それでもひとりでは気が重く、副団長の上野や同級生団員を誘った。建て付けが悪いガラス戸を開けると複数の学ラン姿があった。野球部だった。

「おぉ」さりげない挨拶を交わす。野球部員は餃子を頬ばりながら、もごもごと返事をした。野中の姿がない。ほっとしたような残念なような気持ちだ。

「団長、何してやがった、ったく。商売あがったりだ」

〝団長〟と呼ばれ、少し照れた。団員以外にそう呼ばれたのは初めてだ。

「で、何食うんだ？　餃子とチャーハンしか出さねぇけど」

憎まれ口に気持ちがほぐれた。

ガラス戸の向こうに、暖簾をまくる影があらわれた。ギシギシと音をたてて扉が開く。野中だ。

「遅ぇぞ。エースのおらんマウンドで応援団はエールを振れんだろ」

こんな言い回しもできるんだ。アベちゃんの計らいに感心する。

「うぃす」

野中がコクリとやる。どうやら野中も呼び出されたようだ。

アベちゃんが東と同じテーブルに座れと指す。野中が野球バッグを椅子に置いた。

「久しぶりだな」よそよそしく東が笑う。

「そうやな」野中も同様に。

　東が伸びをしたり地団駄を踏んだりして落ちつかない。野球部員は食事に一心不乱だ。

「調子はどうや」

「ええよ」

　会話のきっかけがつかめない。片想いの女とでもこんなにぎこちなくなることはない。〝お前からも話せよ〟、東が心で嘆いた。

「メシ食い終わったら俺んち来ねぇか」

　念力が通じたのか、野中が話しかけてきた。意外な言葉を添えて。

「ええけど」

「じゃ、まずメシ食おう」もやもやが一気に晴れる。東は自分を単純な男だと思った。

「お前らチャーハンは大盛りでええやろ。あと餃子と野菜炒め。全部大盛りにしとくで」タイミングよくアベちゃんが声をあげた。

「よろしくー」

　野中と声が揃い、アベちゃんが嬉しそうな顔をする。大盛りチャーハンと餃子を無言で掻き込み、ふたりして腹をさすった。食事をすませ店を出るふたりに、アベちゃんが声をかけた。

「おまえらが中京の看板やでな。頼むぞ」

　ぶっきらぼうなアベちゃんの言葉が胸に刺さる。息を呑む東と対照的に、野中が「まかしとけ」と笑った。東は胸やけしてゲップがでた。

　野中の部屋は、意外にもきちんと整頓されていて驚いた。同じ向きに靴を揃え、机には教科書が整然と並んでいる。ベッドには布団が畳まれ、その上に枕が乗っていた。万年もぬけの殻のようなベッドの東は驚くばかり。狭いキッチンに大小のフライパンが掛けられている。調味料も並んでいた。女子か。

「自炊するんか？」

「するよ。朝飯は毎日、夕飯はたまに」

またまた意外、野中像が崩れていく。

「朝飯って言っても、部活帰ってから適当におかず作って、それを朝、弁当箱に詰めるだけやけどな。朝練もあるし、ちゃんと作る暇なんかねぇよ」

すでに尊敬の域である。子どもができたら野中は良いお父さんになると思った。その前に、彼女に弁当作ったりして。東の妄想は止まらない。

「禁煙やでな」

野中が釘を刺してから窓を全開にした。ここで吸えということだろうか。お言葉に甘えてポケットをまさぐった。

「勘違いするな。空気を入れ替えるだけや」

「そうやな」とぼけたふりをして誤魔化す。野中は冷蔵庫からお茶を取り出してコップに注いだ。

「ほらよ」

意外な一面の連続に少し困惑する。これが野中という男の本質なのだろう。覗き見た冷蔵庫の中がきちんと整頓されていた。

東は椅子に、野中がベッドに座る。煙草でも吸えば間がもつが、エースの部屋ではそうはいかない。

なんとなく、気まずいままだ。

「すまなかったな、みっともない試合して」

いきなり詫びられて返す言葉が見つからない。東がお茶を口にした。

「応援団に来てもらう前に負けて、本当にすまん」

「そんなこと気にするな」

「俺らが勝たんとお前らは応援することができんやろ」

「それが応援団の宿命や」

「宿命か。余計に責任感じるわ」

「責任？　そんなふうに思ってもらっても嬉しないわ。野球部がそんなこと考えてどうする。要らんこと考えんと、野球のことだけ考えろ」

無性に腹が立った。応援団を下に見るなという思いも込めたつもりだ。

「もちろんそうやけど、結果として、ということや」

「それも含めてや」

野中が紫煙を吹かすように息を吹き上げた。〝本当は吸ってるんだろ〟、腹立たしさからそう言ってやりたかった。

「遊びもケンカもやめて中京に来た。甲子園で優勝するためにな。中一んときに、杉浦監督にスカウトされたんや。そんときに、〝全国制覇できるような選手を集めてください〟って言ってな。〝中京に行ったるから、俺の頼みも聞いてくれ〟って、交換条件みたいなもんや。よう言ったわ、若気の至りや」

野中が穏やかに話しはじめた。以前に聞いた生い立ちの続きも含め、他愛もないことをたっぷりと。淡々とした語り口に、気持ちが和らいでいく。幼い頃、母親に絵本を読んでもらったような感じだ。

「そんなに話す奴やったんやな」

「お前が、ヤクザの息子やって話してくれたからな」

その話は野中以外、誰にも話したことはない。アベちゃんを除いては。野中が続けた。

「家庭の事情なんか、誰かに言うことでもないしな。同情されるのもいややで誰にも話さなんだ。どういうわけかお前に話したら、お前んちがヤクザと聞いて、上には上がおるわって」

野中がベッドに寝転がり、もういちど天井に息を吹いた。

「こないだの試合に、アベちゃんが来とったんや。たったひとりで応援してくれた。応援団の真似してエール振って、下手くそなんやけど、なんか感動した。こういう言い方はお前に悪いけど、アベちゃんが応援してくれる姿見て、応援団ってありがたいなって思った」

今度は東が視線を宙に置いた。〝ありがたい〟なんて言われるとは思っていなかったからだ。嬉しさと照れくささで目を合わせられない。野中も、〝つい言ってしまった〟という顔をする。狭い部屋に沈黙が流れる。そんなときほど胸に迫りくるものがある。

「アベちゃん見て、応援団ってありがたいなって、そりゃないやろ」

堪えきれずに東が茶化した。

「マジでそう思ったんやで仕方ないやろ」

「待っとれ。俺がすげぇエール振ったるで」

「ちょっと先になってまったけど、頼むわ団長」

「まかしとけ、エース」

またもやふたりの目が宙を泳ぐ。今度は余韻のようなものを感じながら。手持ち無沙汰からか、野中がボールをお手玉のように放り上げた。

「ところで、なんで野球やめたんや?」

東がもっとも聞かれたくないことを聞かれた。ボールが野中の手を往き来する。

「飽きたんや」咄嗟に言った。

「飽きたんならしゃぁないな」

野中が天井に届くほどボールを放り上げる。

「俺、野球ばっかやっとったでともだちって呼べるやつがおらんのや」

野中が東にボールをパスした。

「ふうん」

俺が久しぶりにできたともだちってか、とは言えない。野中もその先は言わなかった。それでもふたりは何かを感じていた。それを『ともだち』という言葉で片づけてしまうよりも、言わないままの方が良い。東は目の前にいる怪物をかけがえのない存在に感じていた。野中が折れかけていた気持ちを立て直してくれたのだ。

野中もまた、心の内を吐露することで、秋季大会での敗戦にけじめをつけたかった。この狭い部屋でのわずかな時間がふたりに与えたものは大きい。野球部と応援団、エースと団長、そう区切ってきた関係性が、取り払われた気がしたのは東だけではない。

東が野中にボールをパスした。しばらくふたりはボールを往き交わした。

校訓は『真剣味』

北風にさらわれて枯れ葉がグラウンドをかさかさと走る。陽はめっきり短くなり、まだ四時だというのに照明設備のないグラウンドにはコンダラが引かれはじめた。野球部員がウィンドブレイカーを着込み手をこすり合わせている。部員たちにとって文字通り寒い冬がやってきた。

グラウンド整備が終わったらもういちど校庭を周回する。照明施設がない中京はその分走り込みで体力をつける。「イチニッ、イチニッ」野中を先頭にかけ声とともに通り過ぎて行く。部員たちが東に気づき頭をさげる。東がポケットから手を抜き会釈をした。

ブラスバンド部の西村が息を切らし駈けてきた。東を呼び出しておきながら遅刻をしたことを詫びる。学生服のボタンがふたつ外れているところに慌てぶりが窺える。東は不良たちが縮み上がる中京応援団長だ。

「東君ごめん、ミーティングが長引いてまって」

「気にすんな、でもなんでこんなとこに呼び出したんや」

「実は、東君にお願いしたいことがあって」

息を整えながら西村が話しはじめる。中京高校ブラスバンド部は歴史が浅く、コンクールでの受賞経験もない。昨年夏、今年春と甲子園で演奏はしたものの、レベルの低さを痛感し、体力のなさから試合中に倒れた部員もいた。これでは野球部に迷惑をかけ、応援団の足を引っ張るだけだと、部長の西村が応援団との合同練習を申し出たのだ。

「ブラスバンド部員を鍛えてほしいんだ」

「マジか？」

「うん。真面目にお願いしたい」

「筋トレとかはやったことあるのか？」

「やっとるけど、ちっとも成果がでないんだ」

「俺らと一緒にやると楽器持てんようになるぞ」

「しばらくはそれでいいと思っとる」西村の目が強くなった。

「そもそもなんでそんなこと考えたんや」

西村がボタンを留め、あらためて東を見た。

「ブラスバンド部の歴史を変えたいんだよ」

西村の鼻息が荒くなった。

「俺らと一緒に練習してコンクールで入選できるんか？」

「そうやない。甲子園でちゃんと演奏したいんや。応援団と一緒に練習して、エールと息を合わせて演奏できるように」

勢いに圧され東が固唾を呑む。西村の目は本気だった。

「部員たちには了解をとってきた。反対する部員もいたけど、多数決で解決した。それでも反対する部員は辞めればいいと思ってる。ブラスバンド部は今、変わらなあかんのや」

野球部がふたりの前を通過する。「イチニッ、イチニッ」かけ声が白い息になる。駈けてゆく野球部員を目で追いながら、西村が言った。

「僕らも応援団やと思っとる」

西村の本気さがひしと伝わってくる。〝お前らがついてこれるような生易しい練習じゃないぞ〟、という言葉は呑み込んだ。

「それでグラウンドで話したかったのか」

西村が首を縦に振った。

「よし、一緒にやろう」

「本当に？」

「お望み通り一から鍛えてやる。弱音を吐いたら応援団流の手荒い方法で喝を入れるぞ」

「それって暴力ってこと？」

「人聞きの悪いことを言うな、愛のムチや」

「押忍」

西村が腰で腕を組んだ。

「フレーフレー、中京」

突然西村がエールを振りだした。寒空を切り裂くように甲高い声が駈けのぼる。見よう見まねの手振りが胸を打つ。

応援団が変わろうとしている。野球部が春の甲子園出場を逸した今、ブラスバンド部を巻き込んで。夏の甲子園出場の確約もないままに、裏方たちが心をひとつにし、目的を確かめ合った。

「明日からやるぞ」

「押忍」

「はい、でいいよ」

「もしもし、アズマ?」

京子からの電話はいつもこうだ。それも突然かかってくる。

「ちょっと話したいことがあるんやけど、時間ない?」

これもいつものパターン。東は京子の誘いを断らない。自分から誘わない分、余計に。京子は数少ない話せる女だ。

その日も待ち合わせはいつもの喫茶店だった。繁華街にはクリスマスムードが漂い、そこかしこにイルミネーションが煌めいている。東の地元には、年季の入ったサンタクロースが塗装の禿げたトナカイにまたがっているだけだ。豆電球の付いた電飾をぐるぐる巻きにされて、まるで有刺鉄線に巻かれた悪役レスラーだ。

京子は時間にうるさく、十分前に到着したら、すでにコーヒーを飲んでいた。

「今日は早いね。合格」

子ども扱いされることには慣れている。こいつは中学時代からそうだ。そんな性格だから女子校で〝姐さん〟と呼ばれるのだろう。こないだ歩いていた男には猫をかぶるのだろうか。

「話ってなんや?」

「ブラスバンド部と合同練習することになったんやって?」

「なんで知っとるんや?」東が目を丸くする。

「同じクラスの子の彼氏が中京のブラバンでさ」

「ふうん。ほんで、相談ってなんや」

「単刀直入に言うね。応援団にチアリーダー入れへん？」

「はぁ？」

東が大げさにとぼける。マスターがこっちを向いた。京子が「だよね」という顔をした。

「なに言っとるんやお前は」

「だからチアリーダーを入れたら盛り上がるんじゃないかなって」

「そんなことできるわけねぇやろ。男子校なんやぞ中京は」

「だからよ」

「どういうことか説明してみろ」

「みろ？」京子に不良の名残りが覗く。

「はいはい、では説明してください」

京子がまんざらでもない顔をする。

「あのさ」

京子が身を乗り出した。コーヒーカップをよけて、テーブルに指を這わせる。

「中京って蛮カラなのに、応援団は学ラン着ないし、なんか物足りないなって思っとったの。ブラスバンド部もレパートリーが少ないみたいやし、もったいない気がして。ほら、テレビで甲子園観ると応援団ってけっこう映るやん。もっとカッコよくなれるのになって。そしたら、ブラスバンド部と合同で練習するって聞いて、だったらチアリーダーも入れた方がもっと華やかになるんやないかなって思ったの」

熱っぽく応援団のことを語る京子に、東は驚いた。ただ、よく理解できず京子に聞き質す。

「でも、男子校やぞ」

「むしろ男子校だからよ」

「っていうか、そもそも中京にチアリーダーなんて合わんやろ」

「そんなの東の固定観念よ」

「でも、チアやぞ。ミニスカートでポンポン振るんやぞ」

「そうだよ」

「そうだよって、そんな簡単に言うな」

狼狽える東をよそに、京子が冷静に答える。

「友だちの彼氏、最初は嫌だったらしいけど、部長さんが、〝ブラスバンド部は今変わらなんだら、この先もずっと変わらへん〟って言ったんだって。それで気合いが入ったって聞いたの。運動とかやったことがない子が、応援団と同じ練習しとるんやろ。筋トレとかランニングとか」

「まぁな」

「それってすごいと思わへん？」

「まぁな」

「体力とか全然ちがうんだよ」

「まぁな」それしか東は言えない。

「辞めた人はいるの？」

「おらん」

「それ、すごいって。ほんとにすごいことだって」

興奮気味の京子に、カウンターからマスターが「そうだね」と言った。

東がコーヒーを啜る。苦い顔をしたのは、京子の提案を受け入れられずにいることと、まだ本当にコーヒーが好きじゃないからだ。

「チアリーダーって、誰がやるんや？」東が核心に入る。

「うちの高校。チアでは有名だよ」

「女子校と一緒にやるってか」

「そう。今までにはない、新しい試み」

「いくらなんでも極端だろ」

「県外ではそういう高校もあるみたい。中京は名門だからやれると思わない？」

「お前は応援団の伝統を知らんでや。ＯＢとかややこしいことがいっぱいあるんやぞ」

「だからやらないの？」

「誰がやらんって言った？」

「じゃやんなよ。もう話はしてあるから」

「なんで勝手に決めるんだよ！」東が声を荒らげる。

「アズマは変わる気ないの？」

京子の目が険しくなる。がっかりさせないでという声が聞こえた気がした。

ブラインドカーテンが下ろされ、京子が煙草に火を点ける。目を閉じてから細い紫煙を吹いた。

「マスター、コーヒーおかわり」京子がおもむろに向きを変える。

なんでこいつには勝てないんだろう、東が心で愚痴る。沈黙に圧され目のやり場を失くす。たまらず煙草に火を点けた。ふたつの紫煙が交差する。目を合わせた方が負け、みたいな雰囲気だ。

「お前は俺にどうしてほしいんや？」先に口をついたのは東だった。

「どうしてほしいじゃなくて、どうしたいって言いなよ」

また子ども扱いされる。こいつとは死んでも付き合わない。怒りを抑え、冷静に考えてみる。応援団とブラスバンドとチアリーダー。強豪校では見慣れた風景だ。それを中京でやれというだけだ。決して難しい話じゃない。もちろんＯＢの反発はありそうだが。

「考えてみるわ」

タバコの灰が、ぽろっと落ちた。東は表情を崩さない京子を見つめていた。短くなった煙草を京子がもみ消す。

「なぁ京子、なんでそんなに必死になるんや」

「えっ」

意表を突かれ京子が狼狽える。言葉にすればひと言だが、京子にそれを言う勇気はない。特に鈍感な東には。

「そういえばこの前の男、彼氏やろ？」

「ふざけんな、この馬鹿」

京子が荒々しくドアを引いて出て行った。鐘がカランカランとけたたましく鳴った。

「またやっちゃったね」マスターがやさしい声でチクリと言った。

「なにを？」

「自分で考えな」

コーヒーがさらに苦くなった。


それから一週間もしないうちに、東は上野を伴って教頭室を訪ねた。京子からの提案を学校側に伝えるためである。教頭室には生徒指導部長と体育主任、応援団顧問の森口が待っていた。遅れてきた教頭が、「それではじめましょうか」と眼鏡をかけた。見るからに強面ばかり。教頭以外はすべて中京のOBである。それも都市伝説の宝庫と言われた時代の筋金入りだ。

「それでははじめましょう。野球部の応援に、他校のチアリーダー部に協力してもらいたいという提案ですが、なぜそう思ったのですか？」

教頭が眼鏡の上から覗き込む。パンチパーマを無理矢理七三に分けた東が立ちあがった。

「男子校である我が校には、華やかなチアリーダーの応援が必要だと思いました」

緊張で上野まで冷や汗をかいた。不良学生が教頭室にいること自体、不自然だ。

「どうしてそう思ったのですか？」

「それはですね」東が一拍おいた。「変わろうと思ったんです」

「変わる、とは？」教頭が聞き返す。

「新しいものを取り入れて、応援団を変えようと思いました」

京子の言葉をそのまま拝借した。自分の言葉よりも、すらすらと出てきた。

「ほほう。それは素晴らしい考えですね」

「ブラスバンド部から相談があったんです。応援団と一緒に練習して体力をつけ、甲子園ですごい演奏をしたいと。今ではトレーニングも一緒にやっていますし、四股も両部員全員で踏んでいます」

今度は自分の言葉で言った。半分は西村のものだが。

「ブラスバンド部とは体力が違うでしょう。シゴキとかしていないでしょうね？」

「ブラスバンド部も、〝変わりたい〟と言っていました。辛くても頑張ると」

「リタイアした部員はいないんですか？」

「いません」きっぱりと言い切った。

教頭が表情を緩めた。森口が口を結びうなずく。上野は変わらず緊張し、東は興奮気味だ。

「とても良い提案だと思います。早速、名雲女学院側にお伝えして、実現できるようにしましょう」

あまりにもすんなりと受け入れられて戸惑いを隠せない。上野が小さくガッツポーズをした。

「すでにご存じだと思いますが、男女共学制度を取り入れようとしている我が校には良い提案だと思います。本校の看板である野球部の応援となると、甲子園での活躍が期待されます。応援団諸君が名雲女学院のチアリーダーとともに野球部を盛り上げてくれたら、一気に機運が高まることでしょう。ぜひとも来年夏の甲子園大会に出場して実現してもらいたいですね。とても良い提案をしてくれてありがとう」

礼まで言われるピントの外れよう。森口から「やったな」と肩を叩かれた。こんなにあっさりと決まっていいかと不安になるが、ともかくこれで応援団は変わる。チアリーダーを従えた応援団が誕生するのだ。ブラスバンド部の西村の相談にはじまり、京子からの意外な提案。自分は何もしていなかったことに、ふと東が気づく。でもいいのだ。ふたりの提案を受け容れ、この場で勝負したのは俺なんだと言い聞かせた。これで京子にも叱られずにすみそうだ。

学校側からの働きかけもあり、チアリーダーとの協同応援の件は合意に達した。東は応援団の新体制について打ち合わせるために、チアリーダー部の代表者を『安部飯店』に招いた。引率役はもちろん京子である。

遠慮がちな音をたててガラス戸が開き、場ちがいな女子高生が入店した。東を見つけると、京子が顔をほころばせて、〝こっちこっち〟と後ろを手招きする。ブレザーにチェックのスカート、胸元にストライプのネクタイ、ふわっとした甘い匂い。市内随一のお嬢様女子高生に、上野とブラバン西村が立ちあがって挨拶した。

「なんだよ、野郎ばかりかと思ったら、合コンかい」

デリカシーのなさ全開でアベちゃんが絡む。東は無視し、上野が緊張しながらテーブルへ誘導した。

「こいつが京子。幼なじみで、今回、チアリーダーとの協同応援を提案してくれた」

会釈する京子。続いて東が上野と西村を、京子がチアリーダー部部長さとみと副部長の恵利を紹介した。よそよそしい雰囲気の中、「チャーハンと餃子でいいか」アベちゃんが大声で聞いた。

「またかよ」

呆れる東をよそに、京子が「食べたーい」と手を挙げた。さとみと恵利が嬉しそうに顔を見合わせる。

「いつも通り大盛りにしたるでな」調子にのるアベちゃんに、女子高生三人が拍手する。

「やめといた方がええぞ」東の忠告に、「女子校の食欲を侮ったらあかんよ」と京子が睨んだ。

予想外の大盛りに京子たちは仰天したが、ほぼ平らげ、最後は東たちの胃袋を借りて完食した。

「おいしい」を連発する女子にアベちゃんはご満悦で、頼んでもいないあんかけカニ玉までサービスされた。東も食べたことのないごちそうだった。

腹休めをしていると、ガラス戸の向こうに大きな影が見えた。暖簾をまくりあげて店内を窺い、身を縮めながら戸を開けた。

「わぁ、野中君だ」さとみが嬉しそうに恵利を突っついた。

「よぉ、野中」意外な光景に戸惑う野中に、東が声をかける。

「おぉ」野中が素っ気なく返す。目は?だ。

「野中にも話した方がええんやないかと思ってな」

アベちゃん得意のおせっかいに、「そうすね」と東がうなずく。さとみと恵利の目は、少女漫画のように輝いている。

「実はな、野中」

東が話の全貌を説明する。ブラバン西村の話にはじまり、京子がチアリーダーとの協同応援を提案、学校側の承認、そして今日ここに集まったことを順序立てて。応援団とブラスバンド部員しか知らない提案を野球部が知る由もない。アベちゃんの仕込みとはいえ、この場でキャプテンの野中に話すことは筋である。もっとも東は、野中が来ることを予想していた。

「野中はどう思う?」

野中が〝オレ?〟という顔をする。口べたな上、見知らぬ女子高生を前にして緊張しているようだ。

「アベちゃん、腹減ったんで、メシ頼んでいいですか?」

聞き慣れない敬語に、東が笑う。

「いつものでいいだろ」アベちゃんが中華鍋をカンカンと鳴らした。

「それで、野中はどう思う?」

全員が野中を窺う。京子が腕を組んだ。能天気なフライパンの音が鳴り響く。


日本で四番目に古い歴史を持つ中京応援団、校訓は『真剣味』。応援団は勇ましい学ラン姿で周囲を威圧するような者ばかりだった。しかし、より機動的な応援ができるようにと、数年前にユニフォームに変更すると、OBから凄惨なヤキを加えられた。そして今、また応援団は歴史を変えようとしている。前代未聞の女子校との共演、チアリーダーとともに活動を行うのだ。OBからの意見はすべてひとりで受けとめようと東は決めていた。それがどれほどのものかを知っているのは上野だけだ。

決断の裏側にある東の覚悟を、野中は感じ取ったのだろう。

「東が決めたんなら、ええと思う」

思わず拍手が起こる。アベちゃんがわざと中華鍋を鳴らした。

「一丁あがり」

大盛りチャーハンと野菜炒めと餃子が運ばれると、野中がすごい勢いで掻き込んだ。

「みんなに見られてたら食べづらいよね」

京子が別のテーブルに移る。テーブルは東と野中だけになった。

「サンキューな」

「おぉ」口いっぱいに頬張りながら、野中がもごもごと返事をした。

野中を見守るような東に、京子が頬杖をつく。上野と西村が握手をした。

食事を平らげ、腹をさすりながら野中が伸びをする。視線を感じて振り返ると、さとみと恵利が下を向いた。

「東、あの子、お前の彼女？」野中が小声で聞いた。

「ちがうちがう、ただの幼なじみ」東が小さく返した。

京子が鼻にシワを寄せた。

その日、東は京子と帰った。電車を乗り継ぎ商店街を抜けて、突き当たりの三叉路まで並んで歩いた。チアリーダー部の提案から、アベちゃんの店で話したことまで時系列に話しながら。こんなに穏やかに京子と話すのは久しぶりだ。京子もそう感じていた。ふたりはいつも最後に喧嘩をする。それが自分のせいだと、東は微塵も思っていない。京子はその鈍感さに腹を立てる。女心に愚鈍すぎることに。

「野中にも聞いてもらえてよかったわ」

「そうだね」

「野中ってカッコええやろ。あんなゴツい顔して照れ屋なんやぞ」

「そうね」

「今日も女子がおったもんで、よう喋らんかったやろ。笑えるわ」

「ふふっ」

「でもマウンドに立つと別人になるんや。見たやろ甲子園。あれが中京のエースや」

「うん、カッコいいよね」

野中のことを捲し立てる東に、京子が言葉をつなぐ。三叉路までにほかの話もしたいのに、東はピッチングフォームを真似ている。そんな東に、京子は息を漏らした。

「野中くんとデートしようかな？」

「うそ？」東が目を丸くした。

「しちゃだめ？」

「いーんじゃねーか、野中がいいって言えばの話だが」

「そうだね」京子が口を尖らせた。

「そういえばお前、こないだ歩いとった男とどうなった？」

京子が東を睨んでから、思いきり尻を蹴飛ばした。

「痛ってー、なにするんや」東が形相を変えた。

「あんたみたいなバカはもう知らん」そう吐き捨てて、京子が早足で歩いて行った。

「ちょっと待て」東が京子を追った。京子の足が早くなり、ついに駈け出した。

「待てって」

東に追い越され両肩を摑まれた。京子は唇を震わせて泣いていた。東は、はっとした。はじめて見た涙に、京子が違って見えた。今まで感じたことのない気持ちが胸に迫る。心臓音が鼓膜に響いた。

京子が嗚咽で喉をひきつかせる。唇を嚙んで肩を震わせる京子に東は言葉を見つけられず、手のひらで頭を撫でた。

「あーあ、かっこわる」

涙を拭おうともせず、京子が空を見上げた。手のやり場を失くした東が、ポケットに手を入れた。鼻を啜る京子がクスッとした。東は京子のことをはじめてかわいいと思った。

「ありがとうな」

「え？」

「お前のお陰で俺も変われる気がする」

京子が上目遣いに東を見る。また涙目になった。

「教頭先生に言ったんや。〝新しいものを取り入れて、応援団を変えようと思います〟って。京子が言ってくれた言葉を、俺の気持ちとして伝えた」

京子が必死に涙を堪えている。口がわなわなして、また泣き出しそうだ。東が今までいちばん優しい目で京子を見つめた。

京子は必死で涙を堪えた。鈍感な東のことだ、次に会ったときは何を言われるかわからない。そんな鈍感な男が、はじめて、〝ありがとう〟と言ってくれた。それだけで京子は十分だった。言ってほしいことはもっとあるけど、これ以上は贅沢だとあきらめた。

「じゃぁな」東がもういちど京子の頭を撫でた。

「うん」

東がポケットから、「これ」と言ってハンカチを差し出した。くしゃくしゃになったハンカチを握りしめながら、京子が「バイバイ」と手を振った。

京子の姿が見えなくなった。電球が切れかけた街灯が瞬いている。何度も白い息を空に吐いた。

協同応援団

春になり選抜甲子園がはじまった。テレビからはライバル享栄高校の活躍が伝えられる。四番藤王は三本塁打、十一打席連続出塁を記録し、一躍有名選手の仲間入りを果たした。とりわけ体勢を崩されながら右手一本でライトスタンドへ運んだ本塁打は圧巻で、繰り返しスポーツニュースで流された。夏の予選は野中対藤王の戦いになるだろうと誰もが予想する。大会は下馬評通り徳島池田高校が圧倒的な強さで優勝し、昨年夏からの甲子園連覇、エース水野は高校ナンバーワン投手の座を不動のものにした。

杉浦はあえて野球部員に決勝戦を観戦させた。自分が立てないマウンドを、野中はどんな思いで観ていたのだろう。無名だった選手が活躍している。彼らもまた、テレビで野中や水野を観ながら、悔しさを募らせていたにちがいない。

三年生になり初の公式戦は惨憺《さんたん》たるものだった。春季大会準々決勝、対名電工戦で中京は0対4の惨敗を喫する。噛み合わない打線に焦れ、野中の手元が狂いはじめたのだ。野手の連携も悪く、ミスも生まれてずるずると失点を重ね、終わってみれば完封負けという不甲斐ないものだった。リリーフした紀藤の球が走っていたことが収穫だったが、野中にとってはそれもまた複雑だった。

ライバル享栄の藤王はこの大会でも強打者ぶりを発揮し報道陣を独占する。不調の野中に代わり愛知県のスターに躍り出た。応援団はまたしても授業で駆けつけられず、公式戦二大会連続でスタンドに立つことを見送られた。さらに野中には悲劇が訪れる。右肩に原因不明の激痛が走りボールを握れなくなったのだ。五月中旬、夏の甲子園予選まで二ヶ月と迫っていた。

六月下旬。恒例の全校応援練習が行われ、体育館の前に全校生徒が集まった。上野が親衛隊旗を掲げると場の空気が引き締まり、初めて応援練習に参加する一年生が目を泳がせた。

「押忍、第五十九代応援団長、東です。今日から全校応援練習をはじめさせていただきます。みなさんの声が野球部の力となるよう、気持ちを込めて練習に臨んでください。押忍」

校歌、応援歌、野球部歌の斉唱を、団員が誘導する。

「声が小さいっ。そんなんでは甲子園の声援に掻き消されるぞ。腹から声出しとるんか」

気弱そうな一年生が肩をびくつかせた。中には泣き出す者もいる。これが中京の応援練習だ。

ブラスバンド部が登場しコンバットマーチが演奏される。一年生の声も徐々に出るようになってきた。恐怖は時に教材となることを団員は知っている。だからこそ中京生の声は甲子園で粘り強く谺《こだま》するのだ。

「押忍。これより我が中京高校応援団にとって、はじめての試みとなるチアリーディング部との協同応援練習を行います。男子校の我が校にとっては歴史的なことです。甲子園を目指す同志である、名雲女学院高校チアリーディング部を紹介します。拍手でお迎え願います」

さとみと恵利が先導し、はちきれんばかりの笑顔でチアリーディング部が登場した。ポンポンをふりかざし足を蹴り上げる。学生たちは拍手を忘れ感嘆の声を漏らした。

「拍手はどうした」

一拍遅れて拍手が沸き起こる。目のやり場に困った最前列の一年生たちがうつむいた。

「はじめまして。名雲女学院高校チアリーディング部です。みなさんと力をあわせて野球部を応援できるように頑張ります。よろしくお願いします」

さとみの挨拶に拍手が沸き上がり、興奮した生徒が指笛を鳴らした。

「誰だ、指笛を鳴らしたのは」東が一喝し生徒たちに目を凝らす。「聞こえんのか、誰だと言っとるんだ」

後列の生徒が怖る怖る手を挙げた。

「前に出ろ」東が言い放つ。教員たちの顔が歪んだ。

歩み出た学生の前に東が立つ。足を開かせ、歯を食いしばらせた。止めに入ろうとする顧問の森口を東が目で制した。

「どうして指笛を吹いた」恐怖で生徒は動けなくなる。

「どうしてだと聞いているんだ」

頬を引きつらせながら、生徒が呟くように言った
「盛り上がってしまいました」

「もっと大きな声で言ってみろ」

「盛り上がってしまいましたっ」生徒がありったけの声でがなり立てた。

「だったらみんなで盛り上がっていくぞ」

意外な言葉に場がざわめく。全校生徒が沸き上がった。鳴り止まない拍手にブラスバンド部がコンバットマーチを演奏し、チアリーダーが弾けるような笑顔でポンポンを振り回した。

森口が安堵してうなずく。東にとって最後の応援活動がはじまった。チアリーディング部との協同応援についてはＯＢから了解をとりつけた。口の中を切る代償と引き換えに。

「野中の肩、かなり悪いんや。予選に間に合わへんかもしれん」

アンチビが悲痛な顔で話し出した。野中は評判が良いと聞けば県外まで治療に足を伸ばすこともあったが完治にはほど遠かった。痛み止め、抗生剤、マッサージ、鍼治療、電気療法、あらゆる手段を講じたが痛みは治まらず、焦る気持ちを誤魔化しながら、ひたすら走り込みをしているという。高校総体が県下で行われることで、甲子園予選が例年よりも二週間早まったことも痛手だ。

県予選初戦、野中はまだ癒えぬ右肩でマウンドに立った。肩に負担をかけない投球で、三試合に登板し、紀藤にマウンドを譲りながら、中京は難なくベスト８へ勝ち上がる。

準々決勝では強豪東邦高校を６対０、準決勝では半田工に野中、紀藤のアベックホームランなどで10対０と快勝し決勝へ進出した。相手は藤王率いる享栄高校。頂上決戦がはじまる。

中京野中と享栄藤王、二大スターの戦いは注目され多くの報道陣を集める。野中の肩は徐々に回復し、昨年から磨いてきたシュートがコースに投げられるようになっていた。

スタンドには、はじめてチアリーダー部が登場した。威風堂々とした従来の応援に、華やかなチアダンスがスタンドを活気づけた。戸惑う応援団ＯＢたちに笑顔をふりまくと、ＯＢたちが慣れない手つきで手拍子をした。ブラスバンドが体を揺らしながらダイナミックな演奏をする。彼らもまた、この日のために辛い練習に耐えてきた。勇気をもって変わろうとした者たちにプレイボールのサイレンが鳴った。

初回、先頭打者への初球。野中のストレートが高めに外れ鈴木がミットをずらした。球がホップするのはボールが走っている証拠だ。肩の力を抜けと鈴木が伝える。野中がマウンドをならし肩をグルグル回す。いつもどおりのルーティンが復活した。

しかし二死から三番伊藤にレフトスタンドへ運ばれ、打席には藤王が入る。打たれれば流れが一気に享栄に傾く場面だ。

「フレーフレー、中京」

すかさず東が野球部を鼓舞し、ブラスバンド部が息を合わせて演奏する。チアリーディングも初回から全開だ。早くも山場を迎えた場面で双方スタンドが過熱する。最前列のカメラマンが望遠レンズを向けた。

打席の藤王を、野中がマウンドから睨む。振りかぶって落差のあるカーブを投げた。インコースに落ちるボールを藤王が膝で見送った。

「ストライク」

両雄の対戦にスタンドが声を潜める。無数のカメラが構えた。緊迫感が球場を支配する。

スライダーを二球続けて追い込み、1－2からのストレートをファウルされる。ボールはバックネット裏へと消えたがタイミングを合わされた。五球目のシュートをしぶとく当てられ、打球はファーストの頭を越えライト前に達した。まずは藤王に軍配があがったが、野中は後続を打ち取りこの回を最少得点に抑える。

二回表、中京がすかさず反撃にでる。無死からヒットで出た野中を紀藤がバントで送り、長島の内野ゴロの間に野中が三塁へ進塁する。続く佐々木が三遊間を抜いて野中がホームに生還した。

1対1の同点のまま試合は動かない。野中は安定した投球でヒットを許さず、享栄平田もヒットは許すものの後続を断ち得点を与えない。実力校同士ががっぷり四つに組んだ対戦は、予想通りの好ゲームとなった。

四回裏、藤王が二度目の打席に立った。二死ランナーなし、本塁打を狙える場面だ。胸元へのカーブにタイミングが合わず藤王が見送る。カウントを優位にし鈴木が同じ球を要求した。裏をかかれた藤王が0－2と追い込まれる。

内角いっぱいのストレートを、藤王が肘を畳んで芯を捉えた。打球は痛烈なライナーとなり右中間へと伸びる。右翼手が背走しながらジャンプしてグローブの先端でキャッチした。

「アウト」

塁審の右手が高々と挙げられ三塁側スタンドの大声援がため息に変わる。

「これぞ超高校級の戦いです」

実況が興奮を隠せない。ファーストベースを踏み越えた藤王が悔しそうな顔で野中を見る。野中が鋭い視線を返した。〝うちのバックは凄いだろ〟、とでも言いたげだ。

もう、かつての野中ではない。向こうっ気の強さは健在だが、バックを信じ、すぐさま冷静さを取り戻すことができる選手に成長した。野球は九人でやるものだということを、野中はこの二ヶ月間で心に摺り込んだ。持ち前の大胆さに謙虚さを備え、長期間試合から離れ爆弾を抱えた肩で先発させてくれた杉浦監督とチームメイトに感謝した。このチームで甲子園出場を果たし、日本一を勝ち取ると胸に誓った。

膠着状態のまま試合は七回裏へ。前の打席とおなじ二死ランナーなしで藤王が打席に入る。この場面、長打狙いは必至だ。

鈴木が確認のためベンチの杉浦に目をやった。杉浦は眉ひとつ動かさない。〝好きに勝負してみろ〟。それが無言のサインだ。

藤王がバットを立てて野中を誘った。野中が振りかぶり、思い切り腕を振った。ボールが嘲笑うように藤王のバットに空を斬らせた。

「チェンジアップです。藤王の打ち気を外す見事な投球です」

タイミングを外された藤王が苦笑いする。体勢を整え気持ちをつくり直した。野中がロージンに手をかける。ふたりにとってはおそらくこれが高校最後の対決だ。

二球目のストレートが外角に外れる。三球目のスライダーも浮きボールが先行した。続く四球目はショートバウンドの明らかなボール。3－1からボール気味のシュートを、藤王がカットする。次の球もファウルにし、この対戦を少しでも長引かせたいように思えた。

仕切り直しの七球目、鈴木が真ん中に構える。糸を引くような軌道で投げ込まれたボールが真ん中からわずかに外へ切れていく。この試合いちばんのシュートに藤王がフルスイングする。芯を外された打球はスピンの利いたゴロとなりサード前に転がった。高橋が落ちついて捕球し一塁へ送球する。

「アウト」

藤王が一塁ベースを踏み天を仰ぐ。野中が拳を握った。ふたりの顔には笑顔があった。

両校とも得点を追加できないまま試合は九回へ。中京は二番アンチビが内野安打で出塁し、三番鈴木が送りバントを成功させる。ランナーを二塁に置き打席には野中が入った。二球目の甘く入ったストレートに反応し、軽やかな金属音を残して打球はセンター前に達した。絶好のスタートを切ったアンチビが三塁を蹴り、センターからのバックホームを諦めさせるナイスランで本塁を駆け抜けた。

「いいぞ、いいぞ、中京」

スタンドのボルテージが最高潮となり、チアリーダーたちが抱き合って喜びを爆発させている。東がすかさずコンバットマーチを指示し、ブラスバンドが享栄応援団の演奏を呑み込むような爆音を響かせた。

打席には五番紀藤。動揺が見られる平田の初球を逆らわずに流した打球が、一塁手のグローブをかすめ無死一、二塁とチャンスを広げる。

六番長島が叩いた初球は右中間に。浅めのフライにセンターが猛ダッシュで捕球し、勢いのままバックホームする。走塁コーチの手が回り、野中がサードベースを蹴ってホームへと駆け込む。返球がやや逸れ野中がスライディングして左手でホームを叩く。ダイビングタッチするキャッチャーとのクロスプレーに判定は微妙となる。挙がりかけた審判の手が横に動いた。

「セーフ」

ホームベース上に転がるボールを摑み直しキャッチャーがうな垂れる。中京スタンドは歓喜の渦となり、大応援団の声を背に、野中がベンチへと駆けていった。

「中京高校、貴重な追加点です」

実況の声が興奮でかすれ、享栄ＯＢの解説者が黙り込んだ。

「試合は九回裏ツーアウト、あと１アウトで中京高校の甲子園行きが決まります」

「享栄高校の反撃に期待したいですね」解説者が力を込めた。

野中が肩を回し屈伸をして息を整える。いつもの儀式が戻ってきた。ムードメーカーのアンチビが奇声にも似た声を上げ、守備陣が声を連ねた。

野中が大きなワインドアップからストレートを投げ込んだ。勝利への瞬間を楽しむように守備陣が声をかけ合う。チアリーダーが足を蹴り上げポニーテールが揺れる。ブラスバンドがチアの動きに合わせて右に左に体を揺らした。この日、はじめて取り入れた協同応援が選手たちを押し上げた。

最後の打球がマウンド前に転がった。野中が落ちついてさばきファーストへ送球する。打者がヘッドスライディングしたときには、中京ナインがマウンドに向かって駆け出していた。

「中京高校甲子園出場です」

マウンド上で中京ナインが抱き合う。二度、三度、ジャンプして喜びを分かち合った。両校が向かい合い礼をする。藤王が野中に握手を求めた。

「優勝してこいよ」

「次はプロで会おうな」

野中が白い歯を見せて、新生応援団率いるアルプススタンドへ駈け込んだ。

死闘、池田高校戦

第六十五回全国高校野球選手権大会がはじまった。中京は初陣となる北陸戦を11対0と圧勝する。続く二回戦対岡山南を8対3、三回戦対宇都宮南を1対0で下し準々決勝対池田戦を迎えた。

池田は昨夏、今春と甲子園を制し、史上初の三大会連覇を達成するか注目されていた。徳島県予選ではエースで四番の水野を中心に、猛打を誇る山びこ打線が爆発し、公式戦三十七連勝と波に乗る。

打倒池田の一番手で最大のライバル中京との準々決勝は事実上の決勝戦と言われ、高校野球ファンならずとも日本中が注目するビッグマッチとなった。

阪神甲子園球場には入場券を求める徹夜の行列ができ、混雑を避けるために開門が早められた。第一試合となる中京対池田戦には五万八千の大観衆で膨れ上がった。今大会四試合目となる池田戦を、応援団もまた特別な思いで迎えた。

試合前のインタビューで池田高校蔦監督はこう言った。

「水野と野中、互いに負けんと張り合ってやるやろうね。最後はどちらが気が強いかによって決まるんじゃないですか」

野中は謙遜気味にインタビューに応じた。

「かなり打ち込まれると思いますが、大量失点だけは避けたいと思います」

水野はインタビューに応じていない。報道陣の数は今大会最多、大観衆が大一番を今か今かと待ちわびる。胸の高まりを抑えきれず、東が気合いを入れた。

「今日が大王山だ。池田は強い。少しでも弱気になれば一気に攻め込まれる。俺たち応援団がついているという気持ちを選手に届けられるように、魂を込めて応援する」

チアリーダーたちが口を結び、ブラスバンド部が目の色を変える。演奏者は各々タオルを五枚持参した。いつの間にか当たり前のようになったチアリーダーの応援がアルプスを盛り上げる。

「フレーフレー、中京」

応援団の白いトレーナーがびっしょりと汗を吸ったとき、中京ナインは歓喜の輪の中にいるだろうか。朝の陽射しに芝生の緑が眩い。きれいに整地されたグラウンドに、試合開始のサイレンが響き渡った。

先攻は池田。トップバッター坂本がいきなりピッチャーの横を抜くヒットで出塁し、早くも試合が動きだす。二番金山の送りバントがファウルゾーンに上がり、野中がダイビングキャッチをするがわずかに届かない。ボールを追った鈴木が野中をまたぐように飛び越えた。勝利への執念を匂わすプレーにスタンドが揺れる。金山がしぶとくスリーバントをすると、ボールが野中とファーストの間に転がり無死一、二塁となる。いきなり訪れたピンチも、続く江上を併殺打に仕留め、四番水野も打ち取り窮地を脱した。スリリングな立ち上がりに、球場全体が緊張感に包まれる。

二回表、池田五番の吉田が野中のストレートを捉え、左中間を深々と破るツーベースヒットを放つ。続く山田の打球が大きくバウンドして三塁の頭を越え、レフトがバックホームし、鈴木がホームベース上でブロックする。アウトのタイミングで鈴木がタッチするが、ボールがこぼれてホームインを許す。鈴木が悔しそうにミットを叩いた。

三回裏中京の攻撃。一死から今井が内野安打で出塁し、二番アンチビが一、二塁間を抜くヒットでチャンスを広げる。三番鈴木がデッドボールを受け、水野が帽子をとり一礼する。三回戦で頭部に死球を受けた影響からか、水野のコントロールは不安定だ。

一死満塁で野中に打順が回る。四球目のストレートを叩いた一塁線への強烈な打球を、一塁手が捕球してバックホーム。キャッチャーがファーストにボールを戻しダブルプレーとなり、チャンスは一瞬にしてついえた。

野中が天を仰ぎ悔しさを露にした。

「フレーフレー、中京」

応援団に落ち込んでいる暇はない。チアリーダーのポンポンが舞い、ブラスバンド部が首に巻いたタオルを取り替えた。

五回表池田の攻撃。無死から当たっている井上がライト前にクリーンヒットを放つ。トップに戻り坂本の右中間への飛球が野手間を抜けフェンスに達する。センターが捕球する間に井上が二塁から三塁へ、走塁コーチが手を回し本塁へと突入した。中継されたボールをセカンドのアンチビが好返球し、キャッチャー鈴木がブロックする。ミットをかいくぐるように回り込んだ井上にタッチし、ホームインを許さない。

大歓声の中、野中がアンチビに親指を立てた。入学時に「絶対にレギュラーを獲る」と東に豪語したアンチビは猛練習を重ね、今では中京に欠かせない選手になった。

六回裏、中京の攻撃。ラストバッター豊永がライト前に運び、水野のモーションを盗み盗塁を決める。トップの今井が送りバントを決め一死三塁とすると、二番アンチビがショートの横を抜けるタイムリーヒットを放ち待望の得点をあげた。

「ピンチのあとにチャンスあり、中京1対1の同点に追いつきました」興奮する実況に「いやぁすごい。執念の一打ですね」と解説者がアンチビを称える。東には、一塁上でガッツポーズをつくるアンチビが小さな巨人に見えた。

続く三番鈴木がレフト線へ運び、一死一、二塁で野中に回る。思い切り引っ張った打球は力なくショートの前に転がり、6－4－3のダブルプレー。またしても野中がダブルプレーに打ち取られ天を仰ぐ。池田は流れを渡さない。

六回裏、中京は先頭の紀藤が左中間を抜く二塁打を放つ。水野が一球投げるごとに汗を拭った。気温は朝九時の時点で三十度を超えている。長島がバントで送り一死三塁。ふたたび逆転のチャンスをつくってバッターは佐々木。カウント0－2から高めのストレートを叩いた打球は高く跳ね上がるピッチャーゴロに。紀藤が果敢にホームへ突入するも、水野が冷静に追いかけ押し出すようにタッチした。

「タッチアウト、中京またしても得点をあげることができません」

七回表、池田は二死一塁で打席に金山を迎える。一塁方向に流した打球はヒットエンドランとなりライトへ達し一塁走者を三塁に進めた。二度のピンチを凌いだ池田に久々のチャンスが訪れた。

「踏ん張りどころや。頼むぞバック」野中が指を立て内野陣に叫ぶ。以前ならば「まかしとけ」だった。

東がブラスバンド部を鼓舞する。用意したタオルはすべてびしょ濡れだ。

三番江上に投じた変化球に一塁ランナーがスタートを切った。鈴木が二塁へ送球すると見せかけ本塁へ突入する三塁走者を誘い出した。帰塁しようとする走者を鈴木が捉えてタッチする。「アウト」のコールと同時に走者が三塁線上で転がった。

「今度は中京が三塁ランナーにタッチしました。両校とも得点を許しません。見事に鍛えられた守備です」

その裏、中京は二死三塁のチャンスをつかみバッターは三番鈴木。打球はセカンド頭上へのライナーとなるがジャンプして捕球される。鈴木がヘルメットにバットをぶつけた。事実上の決勝戦と呼ぶにふさわしい白熱の攻防にスタンドもヒートアップする。ブラスバンド部の額には塩の結晶ができている。この日はじめて甲子園観戦をする京子がメガホンを叩き声を張り上げる。視線の先には必死の形相でエールを振る東がいた。

試合は同点のまま九回へ。池田の攻撃は、一死から高橋、カウント3－2から投げ込んだ野中のストレートが快音を残してレフトスタンドへと伸びていく。

「打ったー、入るか入るか、入ったー、ホームラン」

野中がしゃがみ込んでボールを見送る。レフトが恨めしそうにスタンドに目をやった。球場を包み込む大歓声が轟音となりスタンドが揺れる。池田応援団が阿波踊りで喜びを爆発させた。

続く松村の飛球にレフトとセンターがダイビングキャッチをしたが、ふたりの間を打球が抜けていく。追い打ちをかけるように井上が一、二塁間を抜くタイムリーを放ち、土壇場で池田が二点をリードする。お祭り騒ぎの池田ベンチを横目に、野中は冷静だった。悲壮感はなく、うっすらと笑みを浮かべる。まるで大ピンチを楽しんでいるようだ。

〝俺は日本一になるために中京に来たんや。ここからや、俺たちの甲子園は。応援頼むで、団長〟

野中の心の声が聞こえたのか、東が天に吠え、応援席をひとつにする。

「チア用意、ブラバン用意」

鬼気迫る叫びに、中京応援席が息を吹き返す。団員の中には震えて涙を流す者もいる。哀しみに暮れるのではない。自分たちのエールがピンチを救い、奇跡を起こすと信じていた。一年団員が東にバケツで水をかける。東にとっての甲子園は、ここからだ。

中京応援席の大声援が、池田コールを押し戻す。

「中京、池田、双方の大声援は、もうひとつの甲子園と言えましょう」

実況が涙まじりに絶叫した。

打席には二番金山。野中の、二塁への牽制球が悪送球となり転々とした。すかさずセンターがバックアップして走者は塁上で足止めとなる。守備陣の口が「どんまいどんまい」と動いた。カウント3－2。野中の投じたカーブを捉えた打球がショート豊永の正面をつき、6－4－3のダブルプレーが成立する。この試合四つ目のダブルプレーで逆転に望みをつないだ。

「中京高校は絶対に負けません。全員起立、脱帽、応援歌用意」

東の指先が放たれるたびに汗がほとばしる。五千を超える応援席の声がひとつになる。地鳴りのような響きに実況が叫んだ。

「中京高校応援席がひとつになっています。逆転を信じる大声援です」

応援歌からコンバットマーチへ。「カッセ、カッセ、中京」「行け、行け、中京」たたみかけるような中京応援団のエールに外野スタンドから拍手が沸き上がった。

「野中、聞こえるか。これが中京の応援や。こんなとこで負けさせせんぞ」

九回裏二死ランナーなし。ラストバッター豊永の打球がサードに転がる。池田キャプテン江上が落ちついて捕球しファーストへ送球した。審判が右手を高々と挙げ、三つ目のアウトがコールされた。

野中が柔らかな目でその瞬間を見つめていた。東はエールを止めなかった。

「野球に起こりうるあらゆる場面が盛り込まれた素晴らしいゲームでした」

実況が感嘆の声を漏らしながら、そう締めた。

浜風がそっと頰を撫でる。中京野球部の、東と野中の、団長とエースの夏が終わった。

母親も応援団長

秋雨が冷たい週末、居間でテレビを観ている東に、帰宅したばかりの父親がコートも脱がずに言った。

「メシ食いに行くぞ」

いきなりの誘いに、東は、父親を見つめたまま。それもそのはず、高校生になってからは家族で外食をした記憶もない。

「ええから行くぞ」

言われるままに東が部屋にジャンパーを取りに行き、階段を下りながら袖を通した。やりとりを聞いていた母親が、「私はお邪魔かしら」とぷんとする。目が合うと、「行ってきんさい」と嬉しそうに送り出された。

表には黒塗りのセダンが待っていた。若い衆に後部ドアを開けられ、お辞儀をして乗り込んだ。東は父親と車で出かけるのが嫌いだった。乗り降りに人目を向けられるからだ。車中での会話はなかったが、慣れているのでどうということはない。話しかけられる方が不自然だ。

枯山水がある高そうな寿司屋の前に止まると、店員に個室へ通された。商売人はなぜヤクザに頭を下げるのだろうと、今さらながら思った。

個室には父親の会社にもあるような水墨画の掛け軸があり、その横にはこれまた会社にありそうな鮮やかな色彩の壺が鎮座している。ここは会社の分室か。

有無を言わさず父親がビールを注文する。

「つまみからでええか」

寿司屋の知識はなく、「うん」と答えた。

「飲むか？」

「うん」

父親の酌を両手で受ける。父親にも酌をした。家で飲まないのは父親の目があるからだ。もちろん酒ぐらい知っている。父親はお見通しだろう。

連れ出したくせに、父親は何も喋らない。刺身を食べ、ビールからぬる燗に切り替えた。おちょこがふたつ置いてある。目で「飲め」と言われて飲んだ。さすがに日本酒は気がすすまない。匂いも苦手だ。また注ごうとする父親に、もういちどビールにしてくれと頼んだ。

次々と出される料理をつまみながらビールを飲む。クラクラしたので東はウーロン茶に替えた。なんだか負けた気がして悔しかった。

「卒業したらどうするんや」

ようやくきたなという感じだ。そのために連れ出されたのだろうと察しがついていた。

「まだ決めとらん」

「大学にはいかんのか」

「いかん」

父親が煙草に火をつけた。「うち継がんのか」

「ヤクザになれってこと？」

「ヤクザやない。人様の役に立つ金融会社や」

港湾仕事から金貸しに変わったことは知っている。高利貸しの街金だということも。それ以上、詳しいことは知らない。

「継がなあかんの？」父親を窺った。

父親は酒を一口飲んでから、「どっちでもええ」と言った。

将来の話はそれで終わった。かといって他の話をするわけでもなく、個室がしんとする。賑やかな声が聞こえるカウンター席が羨ましい。

「なんで野球やめたんや」

思わぬ言葉に東は何も返せない。「飽きたって言ったやろ」と三年前の言葉を繰り返した。

「本当に飽きたんか」

「本当や」

今でも歯切れが悪い。野球をやめたことを後悔した日々を思い出した。

「負けたままでええのか」

「負けたとは思っとらん。応援団に勝ち負けはないんや」

それだけは即答した。そもそも俺がどれだけ苦しい思いをしてきたか知りもしないで、負けとはなんだ。いつまでも子ども扱いするな。腹が立ち荒くなった息を抑えて東が言った。

「応援団になって学んだんや。ずっと自分が一番やないと嫌やったけど、応援団で一番になるってことは、いちばん人を応援せんといかんということを。そういう一番もありやなって思ったから応援団長になった。言っとくけど、俺は誰にも負けとらん。俺自身にも」

涙が込み上げたのは酒のせいではない。はじめて父親に意見したからだ。刃向かったわけじゃない。応援団としてやってきたことをわかってもらいたかっただけだ。

「化け物には勝ったのか」

視線を合わせずに言う父親を東が睨んだ。

「勝ち負けはないって言ったやろ」それが東の本音だ。

「坊」

昔みたいに頭をグリグリする父親の手を払った。

「もう〝坊〟やないか」

「あったりまえや」

「好きなことをやれ。お前にヤクザは似合わん」

父親が目尻にシワを寄せながら、どこか寂しそうな目をした。父親のこんな顔を見たのははじめてだ。こんなに話した覚えもない。照れくささの中に嬉しさが入り混じる。父親も同じだといいなと思った。

「人を応援することは立派なことや」

今まででいちばんやさしい声だった。はじめて誉めてもらえた気がした。急に力が抜けて、嗚咽で震えた。涙が落ちて畳に沁み込んだ。父親が熱燗をもう一本注文した。店を出るまで父親とは、ひと言も喋らなかった。

翌朝、頭が痛かった。酒を飲んだことを後悔しながら階段を下りると、味噌汁の臭いで吐きそうになり、トイレに駈け込んだ。バレないように声を抑えたが無理だった。「大丈夫?」心配する母親の声に強がったが、また吐いた。一生、日本酒は飲まないと誓いながら、腹が空になるまで吐き続けた。やっとの思いでトイレを出ると、「まったく」と母親があきれた。テーブルの上には胃薬と二日酔い用ドリンクが置いてある。父親がいつもと変わらず新聞を広げていた。

「昨日、お父さんとなに話したの？」

「別に」

「また〝別に〟かね」

父親が目も合わさずに玄関に向かう。母親がコートを着せ鞄を持たせる。「いってらっしゃい」母親の声がしてドアが閉まった。

「あかん」なだれ込むように居間で大の字になった。

「あれあれ、情けないこと」

「うるさい。ほっといてくれ」頭がズキズキして、胃がキリキリ痛む。

「お寿司屋さんに行ったんやってね」「男同士で楽しかった？」「お母さんも行きたかったわ」返事がないことを承知で母親が話しかける。

テーブルを片づけ、母親が洗い物をする。寝転んだ東を見下ろすように母親が立ち、エプロンで手を拭きながら言った。

「私はずっとお父さんの応援団長やでね。もちろんあんたのことも」

それだけ言って、母親は台所に戻った。昨日のことは全部父親から聞いたのだろう。おそらく泣いたことも。ズキズキする頭で、昔の母親の言葉を思いだした。

「私はね、大好きなお父さんと一緒になったの。好きになった人がたまたまヤクザだったんやけどね。

だから今さらお父さんの仕事をとやかく言っても仕方ない。私はお父さんを支えていくだけ」

母親も応援団長だったんやな。思わず声を出して笑った。

「気持ち悪いでどっか行きんさい」そう母親になじられてから、「ええね、男同士は」とうらやましがられた。


その年のドラフトで野中は阪急から一位指名を受けた。将来のエースと期待された野中の入団会見をアベちゃんの店で観ながら、〝この男が俺がエールを捧げた男だ〟と、東は日本中に叫びたかった。アベちゃんは例により感極まって泣いている。テレビに向かって鳴らされる客の拍手が、東は自分にも送られている気がした。

東には、ほかにもアベちゃんの店に来る理由があった。自分の中で、芽生えかけていた思いが、ハッキリしたのだ。

「アベちゃん」

突然、東がアベちゃんを呼んだ。アベちゃんが何事かというような顔で、厨房から飛び出して来た。

「この店で働かせてもらえませんか」

東が深く頭をさげ、店内がざわついた。

「ちょっと待っとれ。お客さんがおるやろ」

アベちゃんは仰天して口を開けたままだ。話の続きは後回しにされた。場の空気を察した客がそそくさと食事をきりあげる。まだ七時だというのに、アベちゃんが暖簾を下ろした。

「どういうことや」

前掛けで手を拭くアベちゃんに向き直り、東が話しはじめた。東は、高校三年間のすべてを捧げた応援団と、夢を見させてくれた中京野球部に恩返しすることを人生の目標に掲げたことを伝えた。かつてアベちゃんが、不良たちに絡まれているところを野球部員に助けられ、恩返しのために店を出したように、東は自分なりのエールを送り続けられる場所を見つけたのだ。東に熱い気持ちが込み上げる。瞳が潤んでいた。

「断る」

すんなり受け入れられると思っていた東は、驚きを隠せない。

「ここは俺の店や。曲がりなりにも俺は、中京野球部の私設応援団長や。本物の応援団長が入ってきたら、団長がふたりになっちまうじゃねぇか」

笑いながら一蹴するアベちゃんにプライドを感じた。簡単には諦めないと思ったが、すでに説得されてしまった感じだ。

「じゃぁ、俺も『安部飯店』みたいな店を出す！」

「俺の店みたいってのはよくねぇ。お前にしかできん店をやれ」

ここにも応援団長がいる。エールを送られると、こんなにも力が沸くものなのか。東は感慨に浸りながら、野球部もそう思ってくれただろうかと、三年間の応援団生活に思いを巡らせた。

卒業式当日、久しぶりに野中と会った。スポーツニュースで取り上げられる高校生は、すでにプロの顔つきになっていた。「よぉ」と肩を叩かれ、野中から話しかけられた。東が優越感を感じたのは言うまでもない。

「ついにプロやな。目標は名球会入りやろ」

「その前に新人王と最多勝や」

「MVPは」

「それも獲るか」

「すげぇな、億万長者や。ソープ連れてってくれよ」

「とりあえず契約金で行くか」

「マジか？」

「考えといたる。おまえは料理人の修業やろ」

「ホテルマンと呼べ」

「皿洗いのくせに」

「お前もバッティングピッチャーになるなよ」

「ははは、そりゃ言える」

卒業証書を手に夢を語り合う。少しばかり皮肉を織り交ぜながら。

「そういえばこの前、京子ちゃんとデートしたよ」

「うそ？」

「あかんかった？」

「ううん、ええよ」

動揺を笑いでごまかした。〝野中くんとデートしようかな〟って言ってたのは有言実行か。はじめて京子に嫉妬した相手が、まさか野中とは。野中が急に敵に見えた。いや、京子は野中の彼女でもなんでもない。そもそも野中に妬いているのか、京子に怒りたいのかわからなくなった。

「今日中に合宿所に戻らなあかんで、そろそろ行くわ」

「おぉ、頑張れよ」

「お前もな」

東の高校生活が終わった。ほろ苦い思いを残して。京子の話はチャラにしてやる。みっともない話で別れるのはダサすぎる。

一週間後、東はホテルの中華料理店で修業をはじめた。文字通り皿洗いから。

復活

将来のエースと期待された野中は、二年目から頭角を現したが、古傷の肩の故障で登板を見送られるようになる。懸命な治療をするものの症状は回復せず、いつしかグラウンドよりもトレーナー室に通うことが多くなった。オフには肩の手術をするが完治せず、二軍以下の練習生に格下げとなる。マウンドに上がれない野中に周囲の期待は薄れ、三年目以降は満足な投球ができなくなった。

完治しないまでも、ようやくピッチングができるようになった野中は、ウェスタンリーグのマウンドに立つようになる。先発でも抑えでもなく、中継ぎとして。中学時代から怪物と呼ばれ甲子園でスターになった男に、二軍の中継ぎは心を満たすものではないだろうが、野中は敗戦処理となるマウンドにも立ち続けた。

その後も野中は、観客もまばらな炎天下の球場で汗を流し続けたが、努力も虚しく、五年目に内野手転向を告げられる。それでも野中は諦めず、打者としてウェスタンリーグで打率三割を残した。しかし一軍での出場はなく、その年のオフに戦力外通告を受けユニフォームを脱いだ。

野中の退団はアンチビから聞いた。アンチビは、今でも野中の情報を届けてくれる。自分が店を出したら、一等最初にメシを奢ってやりたい男だ。アンチビはスポーツメーカーに就職して、今では中日ドラゴンズ担当の営業だ。いきなり鞄からノートを取り出し、立浪や彦野、郭源治のサインを見せびらかされた。「落合のはないんか」と聞くと「落合さんと星野監督は、なかなかサインをしてくれんのや」と渋い顔をした。試合にも同行することが多いらしく、二軍の選手にも用具を提供している。ウェスタンリーグの試合で野中に会うことがあり、その度に食事に誘ったが、二軍は規則が厳しくて時間がとれないと断られたとか。何度か話をしたが、プロになってからのことはあまり話さなかったらしい。

野中が球団から解雇されたその日に、アンチビに連絡があったそうだ。「これで野球とお別れや」と笑っていたという。

「あいつはまだ諦めとらん」

アンチビが鼻息を荒らげる。アンチビの方が諦めきれないようだ。東もそう思った。あれだけの男が一軍で一勝もできないまま野球を辞めるわけがない。池田の水野も市立尼崎の池山も、前橋工の渡辺や控えの紀藤だってプロで活躍しているのだ。野中がこれで終わるわけがない。野中の活躍が自分の人生の証明であるかのように、東は野中の引退を受け入れられないでいた。

「なんで俺には連絡くれんのやろ」つい本音がでた。

「お前と野中は、ある意味ライバルやでな」

アンチビの言葉に、悔しさと嬉しさが入り混じる。

「ライバルだと思ってもらえるだけ光栄か」

「俺がそう思うだけやけどな」

「なんやそれ」

湿っぽい話からようやく抜けだした。こいつは天性のムードメーカーだ。

「そう言えば、野中、会社やるってよ。何の会社か知らんけど、とにかくやるらしい。まだ野球、続けてほしいけどな」

報せてくれたアンチビに悪いが、そんな話は聞きたくなかった。


球団から解雇されてから一年、アンチビが言うように、野中は小さな会社を経営していた。イベント制作を中心とした業務内容で、甲子園での名声も手伝ってかすぐに軌道に乗ったようだ。それまでの苦労が嘘のように、すべてが円滑に運び、新たな人生のスタートを切っていた。

東はホテルの中華料理店で七年目を迎えていた。すべてのメニューを任され、系列店の店長候補に挙げられるほど腕を上げ、料理長からの信頼も得た。

中京高校の近隣にある貸店舗情報は収集済みだ。細々と貯金もしている。三年後には小さな店を持つつもりでいる。かつてのエースはユニフォームからスーツに着替え、団長はエールではなく中華鍋を振り続ける。ともに多忙でなかなか顔を会わせることはできなかったが、アンチビが間を取り持ち、野中から東に電話を入れた。

あの夏から七年が経ち、ふたりはようやくゆっくりと顔を合わせることになった。名古屋錦《にしき》、煌びやかな街の灯りが、大人になったふたりを迎えた。

「仕事、順調みたいやな」

「お前もそろそろ店出すんやろ」

「もうちょっと先や。まだまだ修業の身やで」

「早よ食べたいわ、お前の料理」

「チャーハン餃子、大盛りにしたるでな」

懐かしい時間に笑顔が溢れる。あの頃と違うのはビールジョッキと灰皿があることだけだ。現役を引退した野中は、解禁とばかりに紫煙をくゆらせていた。東にはその姿が哀しく映った。故障続きで不遇な日々だったろうが、青春のすべてを野球に捧げた男がたった六年でプロを辞めるなんて、どうしても認められなかった。野中には野中の人生がある。そうわかっていても、到底納得できない。それを口にすることは、絶対にならない。

たわいもない話に花が咲く。野中がこれほど饒舌に話す男だったのかと驚いた。これが大人になるということなのか。イベント会社を経営し、営業回りをするうちにコミュニケーション能力が身についたのだろう。

「久しぶりにアベちゃんの店に寄ったら、いつもの大盛りが出てきてさ。いつまでも高校生やないんやで食べれんて」

「そういえばアベちゃんは野中の管理栄養士やったな」

「俺、弁当作っとったやろ。あれ、全部アベちゃんに教えられたんや」

「ママに作っとったよな。料理人でもやっていけるで」

「時々社員にごはん作ったるんや。得意料理はチャーハンと野菜炒めや」

お株を奪われ、東が大笑いする。今になってアベちゃんの偉大さを感じた。空になったジョッキが並び、ふたりの顔が赤く染まる。東が封印していた言葉をそっと言った。

「野球に未練はないんか」

野中は顔色ひとつ変えない。煙草の先が赤く燃えた。

「ないよ」

「そうか」

「それよりさ」

野中が話題を変えた。手振りを交え笑顔で饒舌に話す。野中は野球以外の道を見つけたのだ。東は余計なことを聞いたことを後悔した。

「あれ、野中じゃねぇ？　中京の」

「ほんとや、野中や」

酔ったサラリーマンが野中を指した。よくあることなのか、野中が〝気にするな〟とかぶりを振る。

「ドラフト一位で阪急に行ったんやなかったっけ」

「ちっとも見ぃへんけどな。引退したんやったっけ？」

時折こちらに目をやりながら聞こえよがしに言う。野中が手で〝構うな〟とやった。東は沸騰する怒りをビールで冷やした。

「甲子園のエースもプロでは通用せんかったってことか。まぁええか、契約金たんともらったんやし、ははは」

「てっめー、この野郎、もう一回言ってみろ」

東がテーブルを叩いて立ち上がり、サラリーマンのネクタイを摑んだ。驚いた仲間が思わず避けた。

「やめろ」野中が東の腕をほどこうとするが、東は離さない。

「てめーに何がわかる、何がわかるって聞いとるんじゃ」

サラリーマンを壁に押しあてネクタイを締め上げた。サラリーマンが唇をわなわなさせ涙目になった。

「やめろって」

野中が東を羽交い締めにして、力ずくでサラリーマンから引き離した。サラリーマンは怯えて立ち尽くし、店内が静まり返った。

「あんな言われ方して、お前は平気なんか」

「事実を言われたまでやろ」

「俺は許さんぞ。お前は俺らのエースなんや」

「そんなの昔の話や」

「俺は絶対こいつを許さん」

東が睨むと、サラリーマンが何度も頭を下げた。

「東っ」

野中の怒鳴り声が店内に響いた。ため息を吐きながら、野中が冷ややかな目で東を見た。

「もう応援団やないから暴力解禁か。見損なったわ」

野中が一万円札をテーブルに叩きつけて店を出て行った。サラリーマンの前で、東は立ち尽くすしかなかった。

野中の言うことはもっともだ。よくこれで応援団長などやっていられたものだ。酒に酔って見ず知らずの人に暴力を振るうなど、一年に体罰を与えていた頃の応援団と同じじゃないか。

巻き戻すことのできない時間に後悔が募る。時間を戻して中京高校の応援団長を返上したくなった。東は、自分なんかと比較にならないほど辛い日々を過ごした野中に詫びたくなった。

そのいきさつを知ってか、アンチビが野中の話をすることはなくなった。もっともアンチビは営業で全国を駈けまわっていて東と会う機会はめっきり減り、気がつけば二年が過ぎた。噂では、野中の会社は社員数も増えて順調らしい。少し前なら納得できない話だったが、それはそれで立派だと思えるようになった。夢や理想を追うだけでは食っていけない。社会に出て九年も過ぎれば、世の中の厳しさがいやでも分かる。野中が怪物と呼ばれたのは昔の話だ。


翌年、東は十年目にして念願の店を出した。『あずま軒』という小さな中華料理屋だ。ホテルの中華料理店から支店長にと打診されたが断った。料理長が「馬鹿だな」と笑って送り出してくれた。名物料理のチャーハンと餃子の味は料理店から受け継いだものではない。最後までレシピを教えてくれなかったアベちゃんの味を盗んだのだ。開店時に「この野郎、パクりやがって」とアベちゃんにぼやかれたことが自慢だ。

『あずま軒』は中京高校からそれほど遠くはないが、徒歩では時間がかかるため、頻繁に野球部員が来店することはない。代わって弱小校の野球部員が来店しては、〝打倒中京〟談義で盛り上がる。そのたびに、「中京に勝とうなんて百年早ぇ」と言うと、「そっすよね」と屈託のない顔で返される。

まったく、勝つ気があるんだかないんだか。こんなひ弱な連中でも、いつも来てくれるから可愛くて仕方がない。百回に一回ぐらいは、中京に勝ってもいいかなと思う。東の中京熱も冷めはじめたのだろうか、二、三年前まではレギュラーの名前をすらすらと言えたが、今では監督の名前も言えない。杉浦監督はとうに辞任している。

たった十年でこんなに時代が変わるものか。どの高校も金ボタンの学ランからブレザーに変わり、誰もがお坊ちゃんに見える。蛮カラ学生は化石化し、ふわふわのパーマをかけているのが今どきの不良だそうだ。番長とかスケバンは死語になり、マジメな女子高生も、パンツが見えそうなほどスカート丈が短い。オヤジくさい質問を野球部員にしたら、「短パン穿いとるに決まっとるやないですか」と一笑された。

開店以来、東の店は順調だ。中京野球部OBや応援団OBもよく来てくれる。吉村と犬塚が来たときには背筋が伸びたが、ふたりともずいぶん丸くなっていた。犬塚が酔っぱらって応援歌を歌い出したときはヤバイと思ったが、他の客から睨まれ、すぐさま止めたので驚いた。大暴れして店が営業停止になるかと思っていただけに、奇跡に思えた。

野中がいつ来てくれるのかと期待しているが、あんな別れ方をしたので無理だろう。来てくれたとしても対処に困る。凝りもせず「もう野球はやらんのか」と口にしそうだ。こんなことをいつまでも思っているのは俺だけだろう。やりきれない想いを振り切るように、東が大きく伸びをした。

秋も深まり、汁物が出るようになった頃、アンチビから電話があった。

「東、久しぶり。元気でやっとるか?」

「おぉ、何年ぶりや。お前こそ元気か」

あいさつもほどほどに、アンチビが先へ急《せ》いた。

「野中が復活するぞ」

「どういうことや」

「台湾のプロ野球の入団試験を受けて合格したんやと。俺の言った通りやろ、あいつ、まだ野球、諦めとらんかった」

「俺もそう思っとったぞ。ひとりだけ勝った気になるな」

「とにかくそういうことやでな」

心が躍った。店を開店したときと同じぐらいの喜びだ。いや、それ以上かもしれない。そんなことを言ったら、一緒にやってくれているカミさんは怒るだろうか。

野中は台湾で球界に復帰するや、一年目で十五勝を上げ、その活躍は日本でも報道された。友の活躍が活力を与える反面、東は会えないまま過ぎる時間にもどかしさを隠しきれずにいた。時間が解決してくれるだろうと思いつつ、もう三年が過ぎている。それでも東は嬉しかった。野中がプロ野球界に復活したのだ。それが海の向こうの話だとしても。

話は一気に加速する。台湾での実績が評価され、中日ドラゴンズが野中に入団テストのオファーを要請したのだ。その情報はスポーツニュースでも取り上げられ、地元名古屋では密着取材が放映された。インタビュアーが野中にマイクを向けた。

「合格する自信はありますか」

「自信がなければ帰ってきませんよ」

甲子園のインタビューのように謙遜はしない。野中が自信を全面に押し出した。もう何を言っても杉浦監督に怒られることはない。合格したら杉浦監督は泣くだろう。

勝手な妄想が過り、野中が合格するイメージが沸いた。入団テストの日は気持ちが落ち着かず、店内をうろうろした。常連に「野中でしょ」と聞かれ、「別に」と答える。母親が聞いたら、顔を背けられそうだ。


一九九四年、野中は日本球界に復帰し、中日ドラゴンズのユニフォームを着る。背番号77。阪急時代の18番と比べるのは無粋だろうか。

同じ名古屋に野中がいると思うだけで東は嬉しかった。何度か球場に足を運ぼうとしたが、何かと理由をつけて気持ちを誤魔化した。誰に聞かれるわけでもないのに、そうする自分がもどかしい。かつての応援団長は、旧友を店のテレビ越しに声援することしかできないでいた。

この年、野中は中継ぎとして二十一試合に登板しプロ初セーブを記録。ペナントレース最終戦で巨人と優勝をかけた伝説の10・8決戦でも八、九回の2イニングを投げ無失点に抑えた。翌九五年も二十試合に登板し、野中は貴重な戦力として存在感を示した。

東が中日球場に足を運べないまま、二年が過ぎた。シーズンオフとなり、選手の契約更改状況がスポーツ新聞に掲載される。東は紙面の隅に野中の名前を見つけた。そこには『契約更改』の文字があった。野中が翌年も現役を続行する。その晩、東は暖簾を下げたあとひとり祝杯をあげた。

それから間もなく、知り合いに誘われて繁華街へ出ると、雑居ビルのフロアで体格のいい男たちと遭遇した。知り合いに、「野中だよ」と突つかれ、見ると野中を含む中日の選手たちだった。踊り場の隅から野中たちを見ていると、酔っぱらった若手選手が大声をあげた。

「おいっ、77番、次行くぞっ」

まぎれもなく野中にかけられた言葉だった。瞬間、東の血が一気に頭に上った。

「ななじゅうななばん?」思わず声が漏れ拳を握った。

「おい東、やめろ」若い選手に向かおうとする東を、知り合いが制止した。

気配を感じた選手たちが東に目をやる。ふと我に返った東は、顔を背けて螺旋階段を駆け下りた。数年前の居酒屋の過ちを繰り返そうとした自分を愚かに思う。せめて野中に見られなかったようにと願いながら、情けない気持ちで繁華街を後にした。

翌九六年は登板機会を与えられず、背番号56は、監督に復帰した星野仙一につけられ、野中は二度目の戦力外通告を受ける。

野中の挑戦は続いた。自分と同じ境遇の元プロ選手たちと共同自主トレをし、母校中京高校のグラウンドで汗を流し、他球団への入団テストに備えたのだ。

「野中がよ、腹を空かしてくるもんだから、昔と同じ大盛りチャーハンと餃子を出してやったんだよ。そしたら、〝もう三十過ぎだからこんなに食えねぇ〟って、こきやがった」

わざわざ『あずま軒』に来て話すアベちゃんは、東に何を伝えたかったのだろう。それが単なる自慢じゃないことぐらいわかっている。東は〝そろそろお前の出番じゃねぇのか〟と言われた気がした。

野中は見事にヤクルトスワローズの入団テストに合格し、九七年五月二十七日の対横浜ベイスターズ戦でリリーフで登板し、悲願の日本プロ球界初勝利を挙げる。プロ入り十四年目、三十二歳でのことだった。その年もシーズンを通し中継ぎとして活躍し、チームの日本一に貢献したが、翌九八年、チームは野中に戦力外通告をした。三度目の、三球団目の戦力外通告に、野中はプロ通算二勝を残して球界を去った。

報を受け、今度は東が『安部飯店』に出向いた。ささやかながら、野中の慰労会をアベちゃんと開いたのだ。テーブルには高校時代から食べ慣れたチャーハンと餃子、野菜嫌いの野中のために考えられた料理も並んだ。どれも大盛りではない。もちろん、野中はそこにいない。

「野中はこれからどうするんやろうな」

アベちゃんがやめていた酒を解禁してしみじみと言う。

「あいつのことやで、きっとまた何かに挑戦するやろ」

無責任だと思いつつ、東が希望的観測でものを言う。

「あいつ往生際悪いもんな。何回クビになっても戻って来た。最後なんか、毎日毎日使い回しみたいやったけど、それでも野球を辞めなんだ。すごい男や」

「そうやね」

「プライドとか全部捨てても燃え尽きたかったんやろうな」

アベちゃんの言葉に、〝お前はどうなんだ〟と問いかけられる。同時に野中徹博という男の人生に心から憧れた。大観衆の視線をひとり占めにしたエースの姿にではなく、ボロボロになるまでマウンドに立ち続けた生き様に。

あの頃、腐りかけていた東がようやく見つけたものが応援団だった。自分の叫びが、野球部の、背番号1の力になれると信じていた。今ではエールを振る場所さえ見つからず、探そうともしない。地区予選でひとりでエールを振るアベちゃんの方が、よほど応援団長じゃないか。奥歯を噛んで過去に思いを巡らせる。あれは単なる部活動じゃなかったはずだ。俺のエールは死んだのか？　いや、死んじゃいない。俺は、東淳之介は、中京高校第五十九代応援団長だ。

「そろそろ野中に連絡してやれよ。もうええやろ。あいつはもう野球選手やなくて、ただの男になったんや」

テレビから陽気なアイドルの歌が聴こえてきた。この店はあの頃から歌番組ばかり流れている。アベちゃんが遠い目で口ずさんでいる。東は酒で悔しさを呑み込んだ。


引退後、野中は医療メーカーに勤務し、市場調査を担当する。その経験を生かして、後にフランチャイズの調査会社を起業した。しかし経営が悪化し、会社を畳み下水道の調査会社に勤務する。会社勤めになった野中は、まだ野球を諦めていなかった。

二〇〇五年、四十歳で社会人野球の選手兼監督として登録し、プロ野球マスターズリーグの入団テストも受けた。二〇〇六年、二〇〇七年にはクローザーとして貢献し、チームは優勝、ＭＶＰを獲得する。二〇〇六年にはＷＢＣ日本代表チーム打撃投手のテストを受けて合格し世界一になったチームを陰で支えた。どれもスポーツ新聞に載ることはなく、アンチビや知人を通しての情報だったが、野中がどれほど野球を愛しているかを知るには十分だった。

アベちゃんの言葉に応えることもなく、東は野中に連絡をとらなかった。もちろん野中が連絡してくることもなく、アンチビからの連絡も途絶えたままだ。野中の話をするのは、たまに行く『安部飯店』か、東の店にアベちゃんが来たときぐらいだ。たくわえた口ひげには白いものが目立つようになり、薄くなった髪はポマードでなでつけている。二〇一五年、野中が引退してから十七年が過ぎ、東は五十歳を迎えていた。

久々に母校の甲子園出場が決定した頃、『あずま軒』にアンチビが現れた。七年ぶりの再会だった。しばらく他愛もない話をしたあと、アンチビが壁に貼ってあるメニューを眺めながら嬉しそうに注文をした。

「チャーハンと餃子、野菜炒めも」

東が中華鍋を振りながら、「あいよ」と答えた。

脇目も振らずに食べる顔はあの頃のままだ。丸々と太った体は、俊敏なリードオフマンだった頃の面影の欠片もない。ベルトの上にどっかりと乗った腹を見ながら、「相撲部屋にでも入門するんか」と東がからかう。「背が低いで新弟子検査通らへんわ」とアンチビが腹をさすりながら笑った。「薄くなった髪では髷も結えんやろ」追い打ちをかけたら「お互いさまやろ」となだめられた。

客がいなくなり、東がアンチビのテーブルに着いた。あの頃のことを話すたびに、どちらからともなく「懐かしいなぁ」と漏らす。あれもこれも、どんな話もすべてが輝いていた。

「そういえば野中に会っとらんやろ」

気がかりだったことをズバッと言われた。もう二十年以上、野中とは会っていない。飲み屋での一件を謝ろうとしたが、忙殺される日々にかまけてそのままになってしまった。酔った勢いで見ず知らずのサラリーマンに絡んだことを、今でも後悔している。

引退後のことはもちろん知っている。離婚して、ひとり息子に仕送りをし続けていることや、勤めていた会社が倒産し、小さなメーカーに勤務していることも。アンチビからの情報がなくても、誰かが報せてくれた。

「懐かしいな、これ」

数年前に、東が壁に中京高校野球部の写真を飾ったのだ。隣には『押忍』と書かれた応援団のはち巻きが飾られている。シミになった汗は池田戦のときのものだ。脂と煙草の煙が沁み込んで黒く変色している。

「この写真、池田とやる前に撮ったやつや」

アンチビが指でなぞりながら当時の野球部員たちの名前を呼んだ。彼らが今、どんな暮らしをしているかを解説しながら。アンチビの指が野中で止まった。くるくると指を回してから、ツンと突いた。

「エースがいちばん苦労したんやろなぁ。俺らみたいなそこらへんの選手と違って、騒がれた分余計に。野球がやりたくてもできんかった頃があったり、やれるようになっても、やらせてもらえる場所がなかったり、ほんと野球の神様に見放されたと思った。でもやっぱ野球が死ぬほど好きやったんやな。どんだけみじめになっても野球にしがみついた。俺らにはとても真似ができん。根っからの野球少年なんやて、あいつは」


応援するとは、一体なんなのだろう。もちろんチームや選手を勇気づけられることは分かっている。けれど勝敗も順位もなく、評価することさえ困難な、競技とも呼べないこの活動で何を目指したというのだ。母校が勝ち進むことでしか得られないそれは、あまりにも気まぐれだ。日の目を見ず、練習の成果を発揮することができないこともあった。それを承知で貫く精神を『押忍』と呼ぶのだろうか。人間関係どころか、親子関係さえ希薄になってしまった世の中で、誰かを応援したところで何になる。

エールとは何だ？　疑問を振り払うように、東が咄嗟に四股を踏んだ。

「どうしたんや急に？」

アンチビが不思議な目で見る。

「運動不足解消や」東が出っ張った腹を叩きながら「押忍」と言った。

拳を突き痺れた腕を振り続けた記憶が蘇る。成績でも記録でもない、肉体に刻まれた痛みがあれば上等だ。東には死ぬ気で中京野球部を、野中徹博を応援した記憶がある。その喜びに震えた感覚が残っている。それを、青春のすべてと言えるだけで十分幸せだ。

アンチビを横目に見ながら甲子園を思い浮かべた。マウンドに立つ野中と、スタンドでエールを振る自分が映る。互いに目の前のものに全力でぶつかっていた。三十年以上も昔のことなのに、思い出すだけで鳥肌が立つのは、歳をとりすぎたからだろうか。中京でレギュラーを獲ったアンチビなら、分かってくれるに違いない。

心を見透かされたのかアンチビがニヤリとする。そしてあらたまって言った。

「夏の甲子園が終わったら、あの頃の連中が集まって野球をやるんや。池田やＰＬや天理も来る。五十になったおっさんたちの甲子園や。きっと野中も来るぞ。お前も観に来たらどうや」

思わぬ報せに東がはっとする。すぐさま、「俺はいいよ」とかぶりを振った。

飲み屋での一件から二十年以上経った今でも、野中に顔向けできない自分がいる。ほんの些細なひとことが言えずに時が止まったままなのだ。時間を巻き戻すには時がかかりすぎた。錆びついた竜頭は、力任せに回しても壊れるだけだ。あのとき、ひとこと、〝ごめん〟と言えたら、ふたりの時間は今でも動いていただろう。そう思うほどに二十年の空白が恨めしい。東は竜頭に指をかけられなかった自分を殴りたくなった。

「行ってきたらいいやん」

割烹着を来た女性が調理場から覗き込むように言った。どこか見覚えのある顔に、アンチビが首を傾げる。

「京子ちゃん?」

「おひさしぶり、アンチビ」

京子は東の妻になっていた。三十代で離婚をして、独身となった東の店にたびたび訪れるうちに、心を通い合わせたのだとか。時に四十五歳。京子はずっと独身だった。

「ようやく野中くんに勝てたと思ったけど、しかたないね。行っといでよ」

東は返事もせずに厨房へと消えた。洗い物をする水の音がざんざんと聞こえた。


夏の甲子園が終わり、蟬の音が騒がしくなる頃、大阪豊中球場にかつての甲子園球児たちが集った。現役時代を想像するにはかなり無理があるおやじたちが、それぞれの母校のユニフォームに身を包み談笑している。池田、PL、天理、広商、そして中京、高校野球ファンならば誰もが生唾を吞むようなユニフォームがずらりと並ぶ。あの夏を沸かせた球児たちが、三十二年の時を超えて、グラウンドに還ってきたのだ。

「なんじゃお前、その腹は」

「そういうお前の頭、坊さんになったのか」

誰もが出っ張った腹と薄くなった髪を撫で合い旧交を懐かしんだ。亡くなった者がベンチで見守っている。五十歳ともなれば珍しいことではない。それだけ時間が経ったのだ。

「みんなケガせんように、一緒にランニングと準備体操やるぞ」

アンチビはいまでもリードオフマンだ。腰の重いおやじたちを引き連れてグラウンドを周回した。ちょっと走っただけで音を上げる者がいる。人間はこれほどまでに体力が低下する生き物だという見本のようだ。柔軟体操は『十難体操』と書くのだろうか。かつての甲子園球児たちがうめき声をあげないことには体ひとつ動かせないでいる。「助けてくれー」「ギブアップ」衰えた体をじりじりと痛めつける。笑い声だけがせめてもの救いだ。

「おぉ、野中」

泣きそうな顔でストレッチをするおやじたちが一斉に振り向いた。その拍子で首筋を痛め、苦痛に顔を歪める者もいる。

「わりぃわりぃ、遅れちゃって」

ひとりだけ現役時代と変わらぬ体型の野中が目を奪う。誰もが自分と見比べ、切ない顔で腹をさする。汗だくになったおやじたちに、プレイボールの手が挙がった。

とんぼが止まるようなスローボールに、大型扇風機のようなフルスイングが空を斬る。内野ゴロを捕球しようとして蹴つまずき、ボールを蹴飛ばして二塁打にしてしまう。打者は塁を回ったところで足がつり、帰塁できずにタッチアウト。珍プレー集を観ているようなお粗末プレーの数々に、元球児たちは腹を抱えて笑った。

屈託のない笑顔の裏にどれほどの人生が詰まっているのだろう。苦悩、不安、葛藤、挫折、ままならない日々を重ね、出っ張った腹をさすりながら、それでも彼らが笑えるのは、あの時の輝きがあるからだ。甲子園に捧げた青春、それさえあれば、なんだって乗り越えられると、窮屈になったユニフォームが雄弁に語っている。

七回までの試合だが、四回を経過した頃にはほとんどの者が団扇で扇ぎ出した。

「そろそろ切りあげてビール飲みに行こうや」

「それを言うな。飲みたくなっちまうじゃねぇか」

「よぉし、今日はトリプルヘッダーや。第二試合が居酒屋で、第三試合がスナック」

野球そっちのけでナイトゲームに気を取られるおやじたちにアンチビが選手交代を告げる。

「ピッチャー野中、背番号1、中京高等学校」

野中が燦然とマウンドに向かう。足元をならしてから膝を屈伸し、肩をグルグルと回す姿に現役時代が蘇る。

「さぁ永遠の野球少年たち。打てるもんなら打ってみなさい」

野中の挑発に、だらけていたおやじたちの顔色が変わった。

「よぉし、見とれよ」はだけていた『ＩＫＥＤＡ』のユニフォームにボタンが留められ、太鼓腹のおやじがスラッガーの構えを見せる。ノーサインの投球は、すべて真ん中勝負だ。

「どりゃー」

気合いとともに投げ込まれたストレートにバットが空を斬り尻もちをつく。打者がバットを杖にして起き上がった。

「現役時代より速ぇんじゃねぇか」

「今日が本当の池田戦だよ」

観る者たちの目が輝いた。瞳の奥にあるものは、自分たちが生きた証だ。野球が好きで好きで大好きで、つまずいて転がって、それでも窮屈になったユニフォームに身を通して汗をかく。死んだ仲間がベンチで笑っている。ここに来られない者たちの声も聞こえた。

「フレーフレー、中京、フレーフレー、野中」

突然三塁側スタンドに現れた男がエールを振り出した。背番号1の中京ユニフォームに身を通し、大声を張り上げている。

野中がプレートを外して、スタンドに目をやった。そこには東の姿があった。

「フレーフレー、中京、フレーフレー、野中」

東のエールにおやじたちが声を揃えた。「フレッ、フレッ、中京、フレッ、フレッ、野中」

ワインドアップに入った野中が、またもやプレートを外した。

「こらー、野中、ボークやぞ」

容赦ない野次に、野中が手刀を斬って詫びる。三塁側スタンドに向いた野中が、高々と右手を挙げて叫んだ。

「団長、応援たのむでぇ」

「押忍」

東が腰で腕を組み、深々と一礼した。

「フレーフレー、野中」

野中が大きく振りかぶって渾身のストレートを投げ込んだ。野中の右ひざにはマウンドの土がついていた。

この物語は、事実にもとづいたフィクションです。

栗山圭介（くりやま・けいすけ）
岐阜県関市生まれ。作家、エディター、クリエイティブディレクター。代表作『居酒屋ふじ』（講談社）は2017年にテレビドラマ化。ほかに『国士舘物語』『フリーランスぶるーす』（以上、講談社）、『ヒールをぬいでラーメンを』（角川春樹事務所）がある。

団長とエース

2023年12月13日　初版第1刷発行

著　　者　栗山圭介
発 行 者　下中順平
発 行 所　株式会社平凡社
〒101-0051 東京都千代田区神田神保町3-29
電話 03-3230-6573［営業］
平凡社ホームページ　https://www.heibonsha.co.jp/

装　　画　スカイエマ
装　　幀　重実生哉
D　T　P　有限会社ダイワコムズ
印　　刷　株式会社東京印書館
製　　本　大口製本印刷株式会社

ISBN 978-4-582-83943-2